# SANS BOUSSOLE

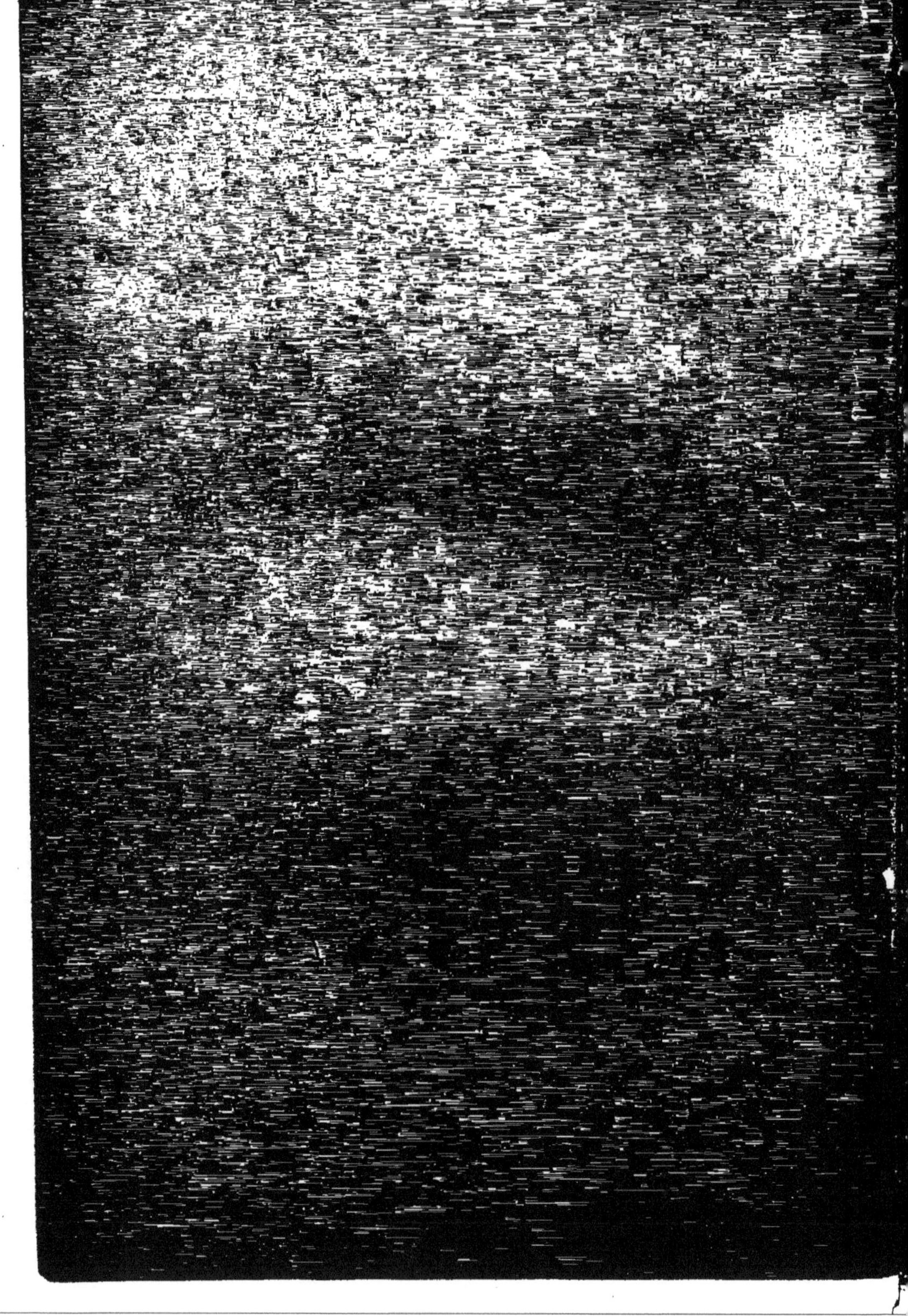

Lucien DARVILLE

# SANS BOUSSOLE

PARIS, 5, rue Bayard, PARIS

# SANS BOUSSOLE

## I

Il y avait fête ce soir-là chez Mme Durousier, femme de l'un des directeurs de la grande maison de banque Durousier, Jenner et C<sup>ie</sup>, 36, rue de Châteaudun, à Paris.

Les bureaux de la banque occupaient le rez-de-chaussée de l'immeuble. L'appartement particulier de M. Durousier était situé au premier étage.

Sous le porche brillamment éclairé, les invités s'engouffraient, et les badauds contemplaient curieusement les dames aux élégantes toilettes et les cavaliers à la mise irréprochable qui descendaient des équipages.

Un break venait de déposer un capitaine et trois lieutenants. Rapidement, ils escaladèrent l'escalier.

— Le capitaine Daumesnil..... le lieutenant de Caudérac..... le lieutenant Bouchaud..... le lieutenant de Kervannec, annonça l'huissier.

A ce dernier nom, le maître du logis, M. Durousier, homme d'une cinquantaine d'années, s'avança vers les nouveaux arrivants avec un visible empressement. Après avoir échangé avec eux les premiers compliments, il prit le lieutenant de Kervannec à part et lui dit à mi-voix :

— Allez vite trouver Mme Durousier. Elle a besoin de vous pour une mission de confiance.

— J'y cours, Monsieur, en vous remerciant d'avance de l'honneur que vous voulez bien me faire, répliqua l'officier en s'inclinant.

Svelte et élancé, une fine moustache noire estompant sa physionomie un peu pâle, de grands yeux bleus à l'expression pleine à la fois de douceur et d'intelligence, le lieutenant de Kervannec était en vérité un beau cavalier.

Assez intrigué, il rejoignit ses camarades et entra avec eux dans le grand salon au fond duquel se tenait Mme Durousier, entourée de femmes et de jeunes filles aux fraîches et riches toilettes.

Par un respect instinctif de la hiérarchie, les trois lieutenants emboîtaient le pas derrière le capitaine Daumesnil. La maîtresse de la maison s'avança bientôt vers le lieutenant de Kervannec.

— Arrivez donc, lui dit-elle. Je vous attendais avec impatience. Vous allez me rendre un immense service.

— A vos ordres, Madame, et trop heureux si je puis vous être de quelque utilité.

— Prenez mon bras et faisons un tour dans les salons. Voici ce dont il s'agit : figurez-vous qu'il m'est arrivé ici, lundi dernier, une jeune Américaine, nièce de M. Jenner, l'associé de M. Durousier. Miss Eva Jenner vient en droite ligne de New-York, afin de visiter Paris en détail et, comme elle le dit elle-même, de faire connaissance avec les us et coutumes de France. Elle ne songeait pas que son oncle, célibataire endurci, n'était nullement en état de la piloter dans notre monde parisien, et, en m'avouant son impuissance, M. Jenner m'a priée de recevoir sa nièce et de lui servir de chaperon.

— Mais il ne pouvait faire un meilleur choix, Madame, interrompit le lieutenant en souriant, et jusqu'à présent je ne vois pas bien en quoi mon concours vous est nécessaire.

— Vous allez le comprendre. Eva connaît mal notre langue, mais elle est très intelligente, et j'ai pensé que pour cette première fête à laquelle elle assiste ce soir, vous voudriez bien m'aider. Vous savez l'anglais, vous pourrez donc lui expliquer beaucoup de choses. D'ailleurs, je connais votre tact et je m'en rapporte complètement à vous. Tenez, voici notre belle étrangère.

Et sans laisser à l'officier, abasourdi, le temps de se reconnaître, Mme Durousier l'entraîna vers un coin un peu isolé, où se tenaient un monsieur d'une soixantaine d'années et une grande jeune fille de vingt à vingt-deux ans, aux cheveux châtains, aux yeux noirs, au teint mat. Ses traits, quoique réguliers, étaient un peu accentués. Un sourire railleur retroussait sa lèvre et elle causait avec animation en anglais avec son interlocuteur qui était précisément M. Jenner.

— Chère Miss, dit Mme Durousier, en s'adressant à la jeune fille, permettez-moi de vous présenter le lieutenant Olivier de Kervannec, l'un des plus brillants officiers du régiment de mon frère, le colonel de Lagrenée, commandant le 75e régiment d'infanterie..... Avec lui, car il est, de plus, un valseur émérite, vous pouvez sans crainte affronter nos danses les plus compliquées.

— Si vous daignez m'accepter pour cavalier, Miss, reprit l'officier s'exprimant dans l'anglais le plus pur, voici justement les premières mesures du quadrille américain.

Sans répondre, mais avec un charmant sourire, l'étrangère s'inclina et posa sa main gantée sur le bras d'Olivier. Elle était vêtue d'une robe blanche très simple, mais à son cou, à ses oreilles et dans sa chevelure étincelaient des diamants d'une valeur considérable. Elle s'éloigna, légère et gracieuse, au bras de l'officier.

Mme Durousier les suivit des yeux et ne put s'empêcher de murmurer :

— Quel beau couple!..... Eh! mais..... qui sait?

Sans doute une pensée analogue traversait l'esprit de M. Jenner, et, avec le sentiment pratique qui forme l'essence du caractère du yankee, il dit brusquement à Mme Durousier :

— Vous connaissez la famille de cet officier? Quelle est sa fortune?

— Voilà beaucoup de questions d'un seul coup, répondit la femme du banquier, en souriant. Le colonel de Lagrenée m'a particulièrement recommandé le lieutenant de Kervannec. C'est un garçon d'avenir. Son père fut de longues années conseiller à la Cour de Rennes. Quant à sa fortune, je n'en connais pas le chiffre. Cependant, la famille de Kervannec possède un hôtel au faubourg Saint-Germain et passe la belle saison dans ses terres de Bretagne. Le lieutenant constitue donc ce que nous appelons en France un brillant parti. Mais lorsqu'on est à la tête d'une demi-douzaine de millions comme votre aimable nièce.....

— Je ne connais pas au juste les idées d'Eva au sujet du mariage, dit-il. Elle peut certainement choisir un mari sans se préoccuper outre mesure de la question de fortune, mais ma nièce ne subira jamais d'entraînement inconsidéré.

Mme Durousier eut peine à dissimuler une expression de dépit.

— Personne ne songe à tendre des pièges à cette chère Eva, dit-elle vivement. Enfin, je suis enchantée de lui avoir fourni un danseur pouvant causer avec elle dans sa langue maternelle. Permettez-moi, cher Monsieur, puisque j'ai perdu mon jeune cavalier, de vous demander maintenant votre bras pour retourner à ma place.

Ils rentrèrent dans le premier salon. Le bal battait son plein.

Miss Eva Jenner et le lieutenant Olivier de Kervannec n'étaient pas les moins animés parmi les couples composant ce joyeux tourbillon. La jeune fille, enchantée de trouver un interlocuteur parlant sa langue, lui donnait la réplique avec un véritable brio. Bientôt même elle se fit un jeu de lui parler en français.

— Je ne suis à Paris que depuis une semaine, lui dit-elle. Il n'est pas surprenant que je ne me fasse pas très bien comprendre. J'ai pourtant remporté les premiers prix de langue étrangère. Enfin, vous me servirez de professeur. Si je commets des erreurs, ne craignez pas de reprendre votre élève.

Et elle riait elle-même de ses solécismes. Olivier, tout d'abord un peu intimidé, se piquait au jeu et bénissait maintenant Mme Durousier.....

La soirée se continua pleine d'entrain et de franche gaieté, non pourtant sans que l'attention générale n'ait été souvent attirée par ce couple plein de grâce et de distinction.....

Il était tard quand les invités quittèrent l'hospitalière maison. Olivier de Kervannec partit l'un des derniers, et miss Eva Jenner lui donna un vigoureux *shake-hand* en lui disant le plus aimablement du monde :

— Vous reviendrez bientôt nous voir, Sir. Je ne veux pas avoir d'autre professeur de français que vous.

.  .  .  .  .  .  .  .  .  .  .  .  .  .  .  .  .  .

Les renseignements donnés par Mme Durousier à M. Jenner sur la famille du lieutenant de Kervannec n'étaient pas tout à fait complets.

Le père du jeune officier avait été, en effet, conseiller à la Cour de Rennes.

Attaché aux vieilles traditions, Alain de Kervannec considérait presque ses fonctions comme un sacerdoce, et lorsqu'en 1880 éclata la persécution qui chassait les religieux hors de leurs propres demeures, il n'hésita pas à donner sa démission et se retira aux Bruyères, jolie propriété située près de Ploërmel.

Les deux fils du magistrat, Yves et Olivier, étaient âgés de vingt et dix-huit ans. L'aîné achevait son droit à Rennes. Après la démission de son père, le jeune homme, ne se sentant aucun goût pour le barreau proprement dit, préféra rentrer au domicile paternel et adopter l'existence du propriétaire campagnard.

Quant à Olivier, ses études classiques terminées, il déclara vouloir embrasser la carrière militaire. Après quelques années de séjour à l'École polytechnique, il en sortait avec un très bon numéro et décrochait l'épaulette de lieutenant à l'âge de vingt-six ans.

M. Alain de Kervannec mourut en 1885, et son fils aîné épousait l'année suivante Mlle Marie Guihéneuf, dernière descendante, avec sa sœur Madeleine, d'une famille de Redon.

Malgré son éloignement du pays natal, le lieutenant de Kervannec entretenait des relations suivies avec sa mère et son frère, car une vieille tante de Mme de Kervannec lui avait légué un petit hôtel situé à Paris, rue de Bourgogne. La veuve du conseiller, type accompli de la femme et de la mère chrétienne, n'aimait certes guère le tourbillon et la vie énervante de Paris ; mais le désir de se rapprocher le plus possible d'Olivier lui faisait vaincre ses répugnances, et, tous les hivers, elle venait avec ses enfants passer deux ou trois mois dans la capitale. Parfois même, Madeleine Guihéneuf accompagnait sa sœur, et, dans ce tranquille quartier de Sainte-Clotilde, la petite colonie bretonne continuait son existence paisible.

Mme Vve Alain de Kervannec, âgée de cinquante ans environ, conservait encore les traces d'une grande beauté, et sa physionomie pâle révélait surtout une expression de bonté extrême. Assise auprès de la fenêtre d'un petit salon à l'ameublement simple et antique, elle tricotait une fine brassière de laine blanche.

Soudain, une joyeux sourire éclaira son visage. Un officier venait de passer sous la fenêtre même. Un coup de sonnette retentit, et le lieutenant Olivier de Kervannec pénétra dans le salon.

— Bonjour, bonne mère, dit-il en s'avançant vers la vieille dame. Vous êtes seule ?

— Pour un instant seulement, mon ami, répondit Mme de Kervannec en embrassant son fils. Marie et Madeleine avaient diverses emplettes à faire, et elles ont prié ton frère de les accompagner. D'ici une demi-heure, elles seront de retour.

— Ah! tant mieux. J'ai si peu de temps à moi!

— La présence de Madeleine surtout doit combler tes désirs. Quelle charmante enfant! Plus on la connaît, plus on l'aime. Tu seras heureux avec une telle compagnie, mon Olivier!

— Quel enthousiasme! dit l'officier en souriant.

— Je ne dis que la vérité. Certes, Marie est une femme accomplie, et Yves ne pouvait faire un meilleur choix. Cependant, Madeleine l'emporte encore, il me semble, sur sa sœur, pour la délicatesse de sentiments.

— Je partage absolument votre avis, ma mère, mais je regrette l'obstination de M. Guihéneuf à ne pas permettre nos fiançailles.

— Que veux-tu, mon enfant? C'est une manie de vieillard. Marie et Yves ont chaleureusement plaidé ta cause, et Madeleine elle-même n'a pu faire changer la décision de son père. C'est une courte épreuve maintenant.

— Dame, huit à neuf mois encore à attendre, c'est long, vous en conviendrez, ma mère.

— Oh! ici, les distractions ne te manquent pas. A propos, t'es-tu b'en amusé avant-hier, au bal Durousier?

— Enormément, il y avait surtout une jeune Américaine qui a fait sensation.

Mme de Kervannec eut une moue significative.

— Toujours des étrangers, dit-elle. Je ne m'explique pas cet engouement de la société française pour tout ce qui vient du dehors.

— Bah! dit l'officier avec un geste d'insouciance, l'esprit s'agrandit au contact de personnalités ainsi rapprochées de tous les coins de l'univers. Du reste, il vous sera facile de juger vous-même miss Eva Jenner, cette jeune Américaine en question, car, hier, Mme Durousier m'a dit qu'elle viendrait mercredi prochain vous présenter cette aimable personne.

De nouveau, le sourcil de Mme de Kervannec se fronça.

— Nous ne faisons pas un assez long séjour à Paris pour y nouer beaucoup de relations. J'ai consenti, à cause de ton colonel, à me départir de cette réserve à l'égard de Mme Durousier, mais je ne vois pas bien quel attrait ton Américaine éprouverait à faire votre connaissance.

— Oh! mère, vous vous calomniez. D'ailleurs, je suis sûr que Marie et Mlle Guihéneuf seront enchantées de la voir.

Au même moment, revenant de leurs courses, entrèrent dans le salon Yves de Kervannec, le frère du lieutenant Olivier, sa jeune épouse, Marie de Kervannec, et sa belle-sœur, Madeleine Guihéneuf.

Ils poussèrent tous trois une joyeuse exclamation à la vue de l'officier.

Les joues de Madeleine se couvrirent d'une ardente rougeur, tandis que le lieutenant lui disait d'une voix un peu tremblante :

— Chère Mademoiselle, combien je suis heureux de vous revoir!

Yves se chargea de la réplique.

— On doit, en vérité, le croire sur parole, fit-il, car depuis huit jours que nous sommes arrivés, tu ne nous as vraiment pas gâtés par les visites.

— Vous êtes tous trop aimables, répondit l'officier. Il n'y a aucune mauvaise volonté de ma part, et seules les exigences du service me retiennent loin de vous.

— Votre colonel est donc un tyran? demanda Marie en riant.

— Oh! non, ma sœur. Au contraire, nous l'adorons tous. Seulement, en cette fin de novembre surtout, l'éducation des nouvelles recrues absorbe tous nos moments.

— Le courrier de Bretagne est-il arrivé, Madame? demandait en même temps Madeleine à Mme de Kervannec.

— Le facteur est passé à 10 heures, chère enfant. Il n'avait aucune lettre pour nous.

— Quoi! rien encore de mon père? dit Marie avec inquiétude.

— Allons, allons, pourquoi vous tourmenter ainsi? reprit Yves. Vous connaissez la maxime, d'ailleurs : pas de nouvelles, bonnes nouvelles!.....

— Oh! non, Yves, ne raillez pas, interrompit Mlle Guihéneuf. Papa m'avait formellement promis de m'écrire avant la fin de la semaine. Aussi, comme Marie, je suis inquiète.....

— Mademoiselle Madeleine, de grâce, ne troublez pas par des craintes chimériques la joie de notre trop courte réunion, dit Olivier.

Un nouveau coup de sonnette coupa la parole à l'officier, et, presque aussitôt, une servante coiffée à la mode du Morbihan ouvrit la porte du salon.

— Un télégramme pour M. de Kervannec, dit-elle.

Yves déchira la bande, et une sourde exclamation jaillit de ses lèvres.

— Ciel! qu'y a-t-il?..... Mon père est mort! s'écrièrent en même temps Madeleine et Marie.

— Non, non, rassurez-vous..... Pourtant, il nous faut partir tout de suite, répondit le jeune homme.

Marie avait saisi la dépêche, et d'une voix haletante, elle lut ces quelques mots :

*Votre père très fatigué. Arrivez sans retard.*

FRANÇOISE.

Madeleine éclata en sanglots.

— Vous le voyez, mes pressentiments ne me trompaient pas, balbutia-t-elle. Pauvre père! pourquoi l'ai-je quitté?

— Chère petite sœur, calmez-vous, je vous en prie, lui dit Yves. Demain matin, nous serons à Redon.

— Demain! murmura Marie. Que se passera-t-il là-bas, d'ici là?

— Nous prendrons le train à 4 heures ce soir, et, à 5 heures du matin, nous arriverons chez vous. Il est impossible d'aller plus vite, dit Mme de Kervannec, dont le trouble égalait celui des deux sœurs.

— Viens-tu avec nous? demanda Yves à son frère.

— Pour partir avec vous, il me faut courir de suite à la place..... Et vous quitter en ce moment, c'est bien pénible..... que faire?

— Es-tu sûr de réussir, au moins? demanda Mme de Kervannec.

— Oui, si le colonel y met un peu de bonne volonté. Son assentiment est indispensable. Midi déjà! continua Olivier en consultant sa montre. Je n'ai pas une minute à perdre..... Je vous rejoindrai à la gare Montparnasse.....

— Oui, oui, dit vivement Madeleine; allez vite, Monsieur Olivier..... Je voudrais tant que notre cher père pût vous revoir encore.....

Et ses larmes recommencèrent à couler.

L'officier ne pouvait qu'obéir au désir exprimé par la jeune fille. Il quitta donc l'hôtel en toute hâte. Les trois dames s'occupèrent rapidement de leurs préparatifs de voyage, et quelques minutes avant 4 heures elles arrivaient avec Yves à la gare Montparnasse.

Jusqu'à la dernière minute, Yves resta sur la voie, près du wagon où il avait installé les voyageuses, espérant toujours voir arriver son frère.

— En voiture, Monsieur! lui cria un employé.

Un strident coup de sifflet retentit; la lourde locomotive s'ébranla, et Madeleine Guihéneuf se rejeta en arrière.....

## II

Évidemment, le télégramme de la vieille femme de charge de M. Guihéneuf n'était qu'une préparation à la nouvelle d'une catastrophe déjà accomplie.

Aussi, grande fut la déception d'Olivier de Kervannec lorsque le colonel de Lagrenée lui signifia péremptoirement que, vu l'absence du lieutenant de Caudérac, il lui était impossible de lui accorder un congé quelconque.

C'était un singulier type que ce brave colonel. Bon au fond et très obligeant pour ses subordonnés, il joignait à une certaine étroitesse d'esprit une véritable obstination dans ses résolutions. Ainsi, à l'instant où, assez déconfit, Olivier quittait le cabinet de son chef, celui-ci lui dit tout à coup :

— Ah! à propos, vous allez trouver chez vous une invitation de Mme Durousier. Elle donne demain soir un grand dîner en l'honneur de l'anniversaire de la naissance de miss Jenner. Vous serez des nôtres.

— Mon colonel, je vous remercie mille fois, mais vous me permettrez de décliner cette invitation.

— Par exemple! je voudrais bien voir ça! En voilà un caprice.....

— Pardon, mon colonel ; je viens de vous le dire, le père de ma belle-sœur, l'un des plus vieux amis de mon père, est mort ou tout au moins mourant à cette heure. Si les exigences du service m'empêchent de courir à son chevet, je dois, du moins, m'associer au deuil des miens.....

— Personne n'ira leur raconter à Redon l'emploi de votre soirée de demain, interrompit le colonel. Il faudra venir. Ma sœur compte absolument sur vous. Au revoir. À demain.

Le lieutenant, furieux contre lui-même et contre son chef, n'osa même pas aller à la gare retrouver les chers voyageurs et se borna à envoyer un télégramme d'excuse.

Le lendemain soir, Olivier arrivait chez M. Durousier. Il était de fort méchante humeur, mais devant l'amabilité des maîtres du logis sa maussaderie se volatilisa bientôt. Placé à table à côté de miss Jenner, il put constater de nouveau l'aisance et l'entrain avec lesquels la jeune étrangère soutenait la conversation.

Le dîner achevé, on passa au salon. Miss Jenner se mit au piano. Sa voix de soprano se mariait admirablement avec l'organe de baryton du jeune officier. Ils chantèrent plusieurs duos. A minuit, lorsqu'on se sépara, le lieutenant de Kervannec ne maudissait plus son colonel.

En rentrant dans son petit appartement de la rue de la Boétie, Olivier fut rappelé à la réalité des événements par un télégramme de son frère lui annonçant la mort de M. Guihéneuf. Le lendemain, une lettre d'Yves lui apportait quelques détails complémentaires : le vieillard avait été emporté en trois jours par une congestion pulmonaire.

« Marie et Madeleine ont eu la consolation de lui fermer les yeux, continuait M. de Kervannec, mais ce coup les frappe douloureusement. »

Le lieutenant de Kervannec s'empressa d'écrire à Redon pour exprimer toute la part qu'il prenait au chagrin des siens et de Mlle Guihéneuf. Une correspondance presque journalière s'engagea entre les deux frères, et à l'expression de ses regrets Olivier mêla tout naturellement quelques allusions au projet matrimonial caressé depuis si longtemps.

Le surlendemain, une lettre d'Yves contenait cette phrase :

« J'ai communiqué ta correspondance à ma femme et à Madeleine. Elle n'a pas produit sur cette dernière l'effet que j'en espérais. Pour le moment, mon cher Olivier, il sera prudent de t'abstenir de ces allusions au mariage, car Madeleine a déclaré ne pas vouloir qu'il en fût question avant la fin de son année de grand deuil. D'ailleurs, tu as ici trois avocats qui plaideront chaleureusement ta cause..... »

Cette lettre, loin de produire sur l'officier une impression pénible, lui apporta, au contraire, une sorte de soulagement.

Il était devenu le commensal habituel de la maison Durousier. Le matin, il accompagnait ces dames au bois. Le soir, il les retrouvait dans le monde.

Les réunions de tout genre se succédaient sans relâche, et Olivier se livrait sans réserve à cette vie tourbillonnante. On arriva ainsi à la fin de l'année, et l'officier trouva fort importune la lettre de sa mère le sollicitant de venir passer quelques jours de vacances aux Bruyères.

Et, recourant pour la première fois de sa vie peut-être à la dissimulation, le lieutenant, sans formuler aucune demande de congé, répondit à sa mère que les exigences du service le retenaient à Paris.

Dans le milieu fréquenté par l'officier, on avait vite remarqué l'intimité sans cesse grandissante d'Eva et d'Olivier. Les compétiteurs ne manquaient pas autour de la jeune étrangère, dont la beauté et l'immense fortune devaient servir de point de mire à bien des espérances. Miss Jenner recevait tous les hommages avec grâce, mais il devint bientôt évident aux yeux des moins clairvoyants que la supériorité restait au lieutenant de Kervannec.

Ce fut encore le colonel de Lagrenée qui, à l'occasion des échanges de souhaits de bonne année, traduisit l'impression générale et brusqua le dénouement.

— Vous, mon cher, dit-il en réponse aux vœux exprimés par le lieutenant de Kervannec, vous êtes né sous une heureuse étoile, et toutes les bonnes fées des anciennes légendes ont dû se réunir autour de votre berceau. A quand la noce?

— Quelle noce? Que voulez-vous dire, mon colonel? demanda Olivier étonné.

— Ah! vous voulez faire du mystère avec moi? C'est mal.

— Mon colonel, je vous assure.....

— Cela ne sert à rien, d'ailleurs. Votre mariage avec miss Jenner.....

— Mais vous vous méprenez, mon colonel, jamais question semblable n'a été traitée entre miss Eva et moi, dit Olivier vivement.

— En vérité? repartit le colonel incrédule. La supposition n'a rien que de très flatteur pour vous. Une dot de six millions, cela ne se rencontre pas tous les jours.

— Devant une fortune pareille, un prétendant court toujours le risque d'être soupçonné de cupidité, et c'est une accusation que pour rien au monde je ne voudrais encourir.

— Vous avez tort de tant redouter les mauvaises langues..... Alors, sérieusement, vous n'avez jamais posé votre candidature?

— Non, mon colonel.

— Vous obéissez à un sentiment de délicatesse exagérée, car je ne suppose pas que la jeune fille vous déplaise.

— Oh! non, loin de là! s'écria Olivier.

— Eh bien! alors?..... s'il vous faut un coup d'épaule, Mme Durousier et moi, nous sommes tout disposés à vous le donner.

— Mon colonel, je suis confus de votre bienveillance.

L'arrivée d'un autre visiteur coupa court à l'entretien, et Olivier se retira.

Un point d'interrogation se posait dans l'esprit du jeune officier.

Madeleine et Eva présentaient deux types de femmes absolument dissemblables, mais laquelle des deux était la plus séduisante, la plus digne de devenir la compagne de sa vie?

Hélas! il faut bien l'avouer, dans cette comparaison, la timide Bretonne devait être vaincue par la brillante étrangère.

Et pourtant Eva était trop riche..... D'un autre côté, la rupture de son mariage avec Mlle Guihéneuf allait lui attirer mille ennuis avec sa famille.....

— Je suis vraiment bien bon de me tourmenter ainsi, se dit-il. Je ne demanderai pas la main de miss Jenner. Son oncle lui dénichera quelque riche parti du monde de la finance, et ce sera la dernière page de ce roman à peine ébauché.

Un soupir termina sa phrase. Néanmoins, comme conclusion pratique, il se décida à montrer un peu plus de réserve vis-à-vis de miss Jenner et s'arrangea de façon à éviter de la rencontrer. Plusieurs semaines se passèrent de la sorte. Puis, un matin, le lieutenant de Kervannec reçut un billet de Mme Durousier :

« Que devenez-vous? lui écrivait l'aimable dame. J'ai absolument besoin de vous parler. Venez sans faute tantôt, à 3 heures..... »

Impossible de résister à une semblable injonction. D'ailleurs, l'officier éprouvait une véritable joie de cette occasion de revoir Eva.

Il se rendit donc à l'hôtel Durousier. A son arrivée, la camériste l'introduisit dans un petit salon, réservé aux visites intimes.

— Entrez, Monsieur, lui dit-elle. Madame est sortie, mais miss Jenner va venir de suite.

Un bon feu flambait dans la cheminée. Presque aussitôt, une porte intérieure s'ouvrit et Eva pénétra dans le salon.

— Je vous remercie d'être venu, lieutenant, lui dit-elle de sa plus douce voix. Vous nous pardonnerez une petite supercherie, car Mme Durousier m'a prêté son nom et sa plume pour vous faire venir.

— En vérité, Miss, je suis trop heureux d'une semblable faveur. Je me demande seulement pourquoi vous avez cru devoir vous servir d'un intermédiaire.

— Hélas! Monsieur, j'ai craint de vous voir mal interpréter l'initiative prise ainsi par une jeune fille.

Elle s'arrêta hésitante.

— Parlez, Mademoiselle, je vous en prie, dit Olivier. En quoi puis-je vous être utile?

— Allons, vous m'encouragez à vous parler en toute franchise. Ne vous êtes-vous point étonné de me voir prolonger indéfiniment mon séjour à Paris? Je devais partir d'abord fin novembre, puis à la fin de décembre. La nouvelle année est venue, et me voici encore rue de Châteaudun.

— J'étais trop heureux, Miss, pour me poser cette question. Puissiez-vous rester longtemps, toujours parmi nous!

— Eh bien! lieutenant, cet aimable souhait deviendra une réalité si vous le voulez.

— Comment cela? balbutia l'officier.

— Je ne vous apprendrai rien, sans doute, en vous disant que plusieurs demandes en mariage m'ont déjà été adressées depuis mon arrivée. Après examen, je les ai toutes repoussées ; du reste, les trois quarts de ces messieurs appartenaient simplement à la catégorie des coureurs de dot.....

— Est-ce bien exact, Mademoiselle? Lorsqu'on possède une fortune comme la vôtre, on est malheureusement trop disposé à prêter aux autres des vues intéressées.....

— Ce n'est pas là le plus grand inconvénient de la richesse, interrompit Eva devenue tout à coup sérieuse. Il est plus douloureux encore de penser que de nobles cœurs, des hommes loyaux et dévoués n'osent pas déclarer leurs sentiments réels précisément dans la crainte d'être accusés de cupidité.

— Ont-ils tort, Mademoiselle, surtout lorsque la personne sur laquelle ils portent leurs vues possède, outre la fortune, des qualités lui permettant toutes les exigences? répliqua l'officier de plus en plus embarrassé.

— Cette réserve excessive cause souvent le malheur de deux êtres faits pour s'entendre. La demande en mariage ne doit pas être l'apanage exclusif du sexe fort, et voilà pourquoi, continua Eva en se levant et en tendant sa blanche main au jeune officier, voilà pourquoi je vous offre ma main.

Olivier demeura un instant muet.

— Miss Eva..... est-il possible? Parlez-vous sérieusement? balbutia-t-il.

— On ne raille pas en aussi grave matière, Monsieur. Nous nous aimons. Une simple question de chiffres nous sépare, et il serait bien malheureux qu'à cause de mes millions il me fût interdit de suivre le penchant de mon cœur.....

Vous ne répondez rien, dit Eva, dont un doux sourire illuminait la physionomie. Comment dois-je interpréter ce silence?

— Oh! Miss! pouvez-vous douter de ma réponse? s'exclama l'officier.

Un coup frappé à la porte interrompit l'entretien des jeunes gens, et Mme Durousier, suivie du colonel de Lagrenée, entra dans le petit salon. Eva, se retournant, vint se jeter dans ses bras.

— Chère Madame, laissez-moi vous remercier. Je vous dois le bonheur de ma vie, murmurait-elle en l'embrassant.

— Eh bien, lieutenant, avais-je raison de vous dire que vous étiez né sous une heureuse étoile? disait en même temps M. de Lagrenée à Olivier.

—Oui, mon colonel ; mais vous me permettrez aussi d'exprimer ma reconnaissance aux amis dévoués qui m'ont ouvert la voie, repartit le lieutenant de Kervannec.


## III


Par une brumeuse matinée de février, un fiacre s'arrêtait rue de la Boétie, devant la maison où demeurait le lieutenant de Kervannec. Une dame vêtue de noir en descendit, monta rapidement l'escalier et sonna à la porte de l'appartement occupé par le jeune officier. L'ordonnance, brave paysan breton, vint ouvrir, et, avec étonnement :

— Quoi! Madame de Kervannec, vous ici? s'écria-t-il.

— Oui, Pierre. Mon fils est-il là?

— Sans doute, Madame. Seulement, le lieutenant n'est pas encore levé. Dame! que voulez-vous? Il n'est pas 9 heures, et il reste maintenant chez sa future jusqu'à minuit.

— Peu m'importe, Pierre. J'attendrai, répondit brièvement Mme de Kervannec. Prévenez seulement M. Olivier que je suis là.

Cinq minutes plus tard, Olivier de Kervannec sortait de sa chambre et, s'avançant vers la visiteuse :

— Vous ici, bonne mère? dit-il avec empressement. Quelle aimable surprise! Mais pourquoi ne m'avoir pas prévenu de votre arrivée? Je me serais empressé d'aller vous rejoindre. Etes-vous seule à Paris? Yves? Marie? Sont-ils en bonne santé? Et leur petite fille, ma gentille nièce?

Il parlait avec volubilité, dissimulant mal sous ce flot de paroles un trop réel embarras. Mme de Kervannec répondit froidement :

— Je ne t'ai point appelé rue de Bourgogne parce que je compte repartir ce soir même. La santé un peu chancelante de ta belle-sœur, depuis la naissance de son Yvonne, a empêché ton frère de m'accompagner à Paris et me force moi-même à rentrer le plus tôt possible.

— Pourtant, ma mère, reprit Olivier, non sans hésitation, vous allez, je l'espère, profiter de ce voyage inattendu pour faire la démarche officielle de demande en mariage auprès de miss Jenner et de Mme Durousier.

— Comment as-tu supposé que j'approuverais ce projet d'union?

— Quoi! ma mère, songeriez-vous à me refuser votre consentement?

— Ce serait mon devoir si ce mariage n'offrait pas pour toi les garanties de bonheur nécessaires.

— A cet égard, mère, quand vous aurez vu Eva, vous n'aurez plus aucune crainte.

— J'en doute. En tout cas, quelles espérances puis-je concevoir pour toi, lorsque tu commences ton rôle de chef de famille par un abominable manque de parole?

— Que voulez-vous dire? balbutia Olivier.

— Comment qualifier autrement l'oubli des promesses que tu avais échangées avec Madeleine?

L'officier eut un éclat de rire forcé.

— Mlle Guihéneuf ne m'a jamais aimé, dit-il. Elle doit être enchantée de reconquérir sa liberté.....

— Ne calomnie pas celle que tu abandonnes ainsi, interrompit Mme de Kervannec.

— Enfin, ma mère, si Madeleine avait éprouvé la moindre affection pour moi, elle ne se fût pas prêtée aux retards imaginés par son père.....

— Oh! tu n'as rien fait pour combattre cette temporisation.

Le lieutenant baissa la tête sans répondre. Sa mère se rapprocha de lui et, avec plus de douceur :

— Mon enfant, lui dit-elle, ta lettre nous a causé à tous la plus pénible surprise. Yves en a conçu une véritable irritation.

— Je comprends sa déception et je regrette vivement la rupture des pourparlers d'autrefois, interrompit le lieutenant. Mais je suis persuadé que Mlle Guihéneuf a pris la chose plus philosophiquement que vous tous.

— Madeleine ne sait rien encore, Olivier. J'ai voulu, d'accord avec Yves et sa femme, tenter auprès de toi un dernier effort avant d'avouer à cette pauvre enfant l'abandon de son fiancé.....

— Son fiancé! Je ne le suis pas..... Je ne l'ai jamais été.

— Officiellement, non, en effet. Mais Madeleine ne se croyait pas moins engagée envers toi, et la meilleure preuve, c'est qu'elle a refusé la semaine dernière encore la demande d'un riche propriétaire de Saint-Brieuc.

— Ah! c'est regrettable. Peut-être y aurait-il moyen de renouer ce projet.....

— Nous avons alors profité de la circonstance pour plaider la cause, continua Mme de Kervannec sans relever l'interruption de son fils. Nous avons fait comprendre à Madeleine que rien ne s'opposait à ce que votre mariage fût célébré aussitôt après le Carême. La pauvre enfant souffrait beaucoup de la froideur que tu nous témoignes depuis quelque temps, mais elle a consenti de bonne grâce à accéder à nos vœux. Yves devait t'écrire hier pour te faire part de ces nouvelles dispositions, quand ta lettre est venue boulverser tous nos projets. Madeleine était à Ploërmel à l'instant où je l'ai reçue. Nous avons tenu conseil et décidé de ne rien lui dire avant de l'avoir vu. Hier soir, j'ai prétexté une affaire urgente m'appelant à Rennes et je suis venue ici pour te rappeler à la raison, au devoir, pour te supplier surtout, mon cher enfant, de ne pas briser le cœur de cette innocente jeune fille......

Mme de Kervannec s'arrêta haletante, les mains jointes, la voix pleine de larmes, les yeux anxieusement attachés sur l'officier. Celui-ci, pâle, les sourcils froncés, les lèvres contractées, demeura un moment silencieux.

— Il est trop tard, ma mère, dit-il. Je ne trahirai pas la confiance de la noble jeune fille qui s'est donnée à moi spontanément. Rien, désormais, ne me séparera d'Eva.

— Quoi! lorsque je te dis que tu vas briser le cœur de Madeleine.....

— Elle se consolera, repartit durement Olivier.

— Ah! tu es cruel!..... Malheureux enfant, tu obéis en ce moment à un entraînement irréfléchi. Tu repousses Madeleine, la femme chrétienne, l'épouse modèle, et tu t'attaches à une étrangère qui ne partagera ni tes goûts, ni tes aspirations, ni peut-être même tes croyances...

— Vous faites erreur, ma mère, sur ce dernier point. Miss Jenner embrasse le catholicisme à cause de moi.

— Comment? cette demoiselle n'est donc pas catholique? demanda Mme de Kervannec stupéfaite.

— Pas encore, mais dans quelques jours elle prononcera son abjuration. Elle est presbytérienne.

— Tu ne nous disais rien de cela dans ta lettre.

— Je n'ai moi-même appris ce détail qu'hier soir.

— Un détail!.... répéta douloureusement Mme de Kervannec. Oh! Olivier!.....

— Mon expression a dépassé ma pensée, rectifia le lieutenant avec embarras. Je supposais Eva catholique, car maintes fois nous avions assisté ensemble aux offices dans les principales églises de Paris. Ce sont même ces cérémonies qui l'ont définitivement entraînée vers notre culte.

Mme de Kervannec secoua tristement la tête.

— Cette abjuration déterminée par des motifs tout humains ne peut changer mes dispositions, dit-elle. Plus que jamais donc j'entrevois pour toi dans cette union une source de malheurs et de chagrins.

— A votre tour, vous êtes cruelle, ma mère. Tout Paris envie mon sort. Seule, vous apportez la note discordante.

— Tout Paris ne juge que d'après les apparences. Une mère chrétienne se place à un autre point de vue, et, je te le répète, il est triste d'entrer dans la vie sérieuse par la rupture d'un engagement sacré.....

— Ma mère, je vous le répète aussi, il est trop tard.

Mme de Kervannec se leva.

— Je pars, Olivier, dit-elle avec une profonde tristesse. Dieu veuille te pardonner la peine que tu nous causes à tous.

Elle se dirigea vers la porte.

— Mère, dit le lieutenant, vous ne voulez même pas voir la femme que mon cœur a choisie?....

— Une autre mission plus importante me rappelle en Bretagne.

— Vous ne me parlez pas d'Yves.... Vous plaiderez ma cause auprès de lui....., Un frère ne doit-il pas pardonner à son frère?

— Yves est trop bon chrétien pour ne pas le faire....., Enfin, Olivier, tu choisis toi-même ta voie. Fasse le ciel que tu n'y rencontres pas trop d'épines..... Adieu! .

Et, après avoir reçu un dernier embrassement de son fils, Mme de Kervannec s'éloigna. Le lendemain, dès l'aube, le train de Ploërmel la ramenait au domicile familial.

Yves y continuait les traditions de loyauté et de charité du vieux magistrat, secondé d'ailleurs admirablement dans sa tâche par sa jeune femme, sa digne mère et par sa belle-sœur Madeleine qui, depuis la mort de M. Guihéneuf, s'était installée définitivement auprès de sa sœur. Deux mois plus tôt, la naissance d'une mignonne fillette, Yvonne, était venue combler les désirs des heureux parents.

Ce matin-là, Madeleine, assise près de la fenêtre dans la chambre de Marie de Kervannec, confectionnait une gentille brassière de laine blanche.

Assise au coin de la cheminée, Marie portait fréquemment ses yeux humides sur Madeleine. Celle-ci s'aperçut bientôt de cette fâcheuse disposition.

— Comme tu es sombre, ce matin, Marie, dit-elle. Qu'as-tu? Serais-tu souffrante?

— Nullement, petite sœur. Je n'ai rien, en vérité, répliqua la jeune femme.

— Mais si, mais si. Depuis deux ou trois jours, tu es triste à mourir. Tu as pourtant bien insisté la semaine dernière afin de me décider à avancer la date de mon mariage.

— Oh! reprit Marie, nous avons encore bien des dispositions à prendre d'ici là.

— Sans doute, et nous devons surtout attendre le consentement du principal intéressé, dit Madeleine en riant. Yves lui ayant écrit hier, nous aurons sa réponse demain.

— Qu'en sais-tu? reprit Marie presque avec impatience.

— Décidément, Marie, s'écria Madeleine, jamais je ne t'ai entendue parler de la sorte. Que se passe-t-il donc?

— Mais rien, je te le répète. Pourquoi veux-tu ainsi scruter mes moindres paroles?

Le bruit d'une voiture roulant sur le sable vint fort à propos mettre fin à la discussion des deux sœurs. Madeleine regarda par la fenêtre.

— C'est Mme de Kervannec, dit-elle joyeusement. Je vais au-devant d'elle.

Aussitôt elle s'élança à la rencontre de la voyageuse et lui dit en l'embrassant affectueusement :

— Chère Madame, vous êtes glacée, entrez vite vous réchauffer.

Et, entraînant Mme de Kervannec vers la chambre de sa sœur, elle la força à prendre place auprès du foyer incandescent.

Mme de Kervannec se laissa tomber sur le siège que lui offrait Madeleine. Ce fut Mme Yves qui reprit la parole.

— Avez-vous fait un bon voyage, ma mère? dit-elle d'une voix hésitante.

— Hélas! non, Marie, répondit Mme de Kervannec.

— Alors, tout a été inutile..... ce voyage..... votre fatigue.....  Il n'a rien voulu entendre? balbutia Mme Yves.

— Non, ma pauvre enfant. Ah! je l'avoue, la déception est rude.

Madeleine attachait sur les deux dames un regard anxieux.

— Mais enfin qu'y a-t-il donc? reprit-elle. Depuis avant-hier, on me cache quelque chose. Pourquoi manquez-vous tous ainsi de confiance en moi? Surtout s'il vous arrive un malheur, n'ai-je pas le droit d'en prendre ma part?

Puis, se tournant du côté de Mme de Kervannec :

— Ne suis-je pas votre seconde fille? continua-t-elle.

Et elle embrassait de nouveau la vieille dame. Marie se leva alors et, attirant doucement sa sœur à côté d'elle :

— Oui, Madeleine, tu dois tout savoir, dit-elle. Notre mère ne s'est point arrêtée à Rennes. Elle arrive ce matin de Paris.....

D'un bond, Mlle Guihéneuf se releva.

— Ciel! s'écria-t-elle, je devine tout. Un malheur est arrivé à Olivier. Il est malade..... mort, peut-être?

— S'il en était ainsi, serai-je de retour? reprit Mme de Kervannec en prenant la main de la jeune fille.

— Voudrait-il rompre avec moi?

— Eh bien! oui, ma pauvre enfant.....! Olivier s'est laissé subjuguer par une étrangère. Oh! les circonstances l'ont entraîné.

Mme de Kervannec s'arrêta, la voix étouffée par l'émotion.

— Oh! mon Dieu! Et moi qui l'aimais tant!.....

Et Mlle Guihéneuf s'affaissa sur la chaise longue, tout le corps secoué par des sanglots convulsifs.

— Madeleine, je t'en conjure, du courage! reprit Marie effrayée.

— Laissez-la pleurer, les larmes la soulageront, murmura Mme de Kervannec.

La porte s'ouvrit et Yves pénétra dans la chambre. D'un coup d'œil, il embrassa le tableau de tristesse et, se dirigeant vers sa mère :

— Vous avez échoué, lui dit-il. Je m'en doutais. Olivier n'a pas dû prendre ce parti extrême sans avoir fait de mûres réflexions.

— Ah! je n'en sais rien, répondit Mme de Kervannec. En ce moment, il est ébloui, fasciné, hypnotisé.....

— Avez-vous vu le colonel de Lagrenée?

— Non. A quoi bon? C'est lui qui, sans mauvaise intention, je veux le croire, a précipité ton frère dans l'abîme.

— Peut-être, mère. C'est un brave et loyal soldat. J'ai envie de lui révéler toute la vérité, au contraire.....

Madeleine, toujours affaissée sur la chaise longue, se releva soudain et, regardant fixement son beau-frère, lui dit d'une voix vibrante :

— Vous ne ferez pas cela, Yves. Olivier n'est plus un enfant. Une autre jeune fille a su, mieux que moi, le captiver. Qu'il soit heureux avec elle, c'est tout ce que je demanderai au ciel.

— Mais toi, pauvre sœur, dit Marie en l'embrassant.

— Dieu me donnera la force d'oublier, et votre bonne affection à tous m'aidera à supporter l'épreuve.....

Un léger coup frappé à la porte extérieure lui coupa la parole. Yves alla ouvrir. Une jeune bonne entra, tenant sur ses bras un bel enfant de deux ou trois mois. Madeleine, redevenue maîtresse d'elle-même, le prit des mains de la servante et l'embrassa longuement, puis, se tournant vers Yves et Marie :

— Vous me permettrez bien d'être la seconde mère de votre petite fille, dit-elle.

— Chère petite sœur, répondit Yves, vous serez toujours pour nous l'ange du foyer.

La jeune fille leva au ciel ses yeux baignés de larmes.

— Oh! alors, je dois encore remercier Dieu, répliqua-t-elle. Il m'a laissé ici-bas une part de prédilection.....

. . . . . . . . . . . . . . . . . . . . . .

Six semaines plus tard, une foule nombreuse et élégante se pressait dans l'église de la Trinité. On célébrait en grande pompe le mariage du lieutenant Olivier de Kervannec avec la richissime Américaine, miss Eva Jenner.

La fiancée était conduite à l'autel par son oncle. Mme Durousier donnait le bras à son frère, le colonel de Lagrenée, dont la femme avait accepté la mission de remplacer la mère du marié. Celle-ci, en effet, s'était bornée à envoyer le consentement notarié nécessaire.

Eva était radieuse sous son voile de point d'Angleterre, et le lieutenant excitait sur son passage un murmure admiratif.

Ah! certes, il était heureux, Olivier de Kervannec! La vie s'ouvrait pour lui sous les plus favorables auspices..... Et pourtant, une étrange sensation d'isolement envahissait tout son être.....

Sa pensée se reportait à trois ans en arrière, alors qu'en qualité de garçon d'honneur il assistait avec Madeleine Guihéneuf au mariage de son frère Yves.....

Par un énergique effort, le lieutenant de Kervannec chassa de son esprit ces pensées qui l'envahissaient.....

Aussitôt la messe achevée, commença l'interminable défilé des sommités de la finance cosmopolite et des officiers de la garnison accourus pour féliciter les nouveaux époux.


## IV


Trois jours après, les deux jeunes mariés s'embarquaient sur la *Champagne* pour leur voyage de noces.

— Je suis partie d'Amérique depuis six mois, disait Eva à son mari. Mon oncle maternel, M. Samuel Cahen, s'est chargé d'administrer mes biens en mon absence. Mais, pour débrouiller la situation, ma présence là-bas devient nécessaire.

— D'ailleurs, ma chère Eva, je serai là pour vous seconder partout et toujours, répondit le jeune officier.

— C'est bien ce que je pense.

A midi, la cloche du déjeuner appela les passagers dans la salle à manger. En y entrant, suivie par son mari, Eva se heurta sur le seuil à un gentleman de trente à trente-cinq ans, correctement vêtu. Il était de haute taille. Une épaisse chevelure châtain et une barbe de même couleur ombrageaient sa physionomie. Les yeux étaient cachés par un binocle aux verres fortement teintés de bleu.

Une double exclamation en langue anglaise jaillit des lèvres de la jeune femme et de celles de l'étranger.

— Quoi! Williams ici? Quel heureux hasard!

— Ah! par exemple! Eva Jenner.....

— Non pas, s'il vous plaît ; Eva de Kervannec. Permettez-moi de vous présenter mon mari, le lieutenant Olivier de Kervannec.

Et, se tournant vers celui-ci :

— Sir Williams Sanderley, continua-t-elle ; un des bons amis de mon père. Je crois même que nous sommes un peu cousins.

Les deux hommes se saluèrent.

— Mais comment êtes-vous ici? demanda Eva. Où allez-vous?

— J'ai quitté Berlin il y a trois jours, répliqua Sanderley. Je vais à l'exposition de Chicago comme représentant de la maison Krupp.

— Oh! mais c'est charmant, reprit Mme de Kervannec. Olivier, nous irons, nous aussi, à l'exposition de Chicago, n'est-ce pas?

— Je ne demanderais pas mieux, Eva. Cependant, si nous accomplissons tous les projets que nous formons pour notre voyage, mes trois mois de congé n'y suffiront pas.

— Qu'importe? Vous demanderez une prolongation, et le colonel de Lagrenée ne vous refusera pas.

— Peut-être, mais il faut bien aussi songer au devoir.

— Peuh! repartit Mme de Kervannec avec insouciance, la France ne périra pas pendant ces vacances. Maintenant, je tiens absolument à aller à Chicago.

La conversation continua pendant le repas, joyeuse et animée, surtout du côté de la jeune femme. Olivier, au contraire, était envahi par un sentiment d'évidente mauvaise humeur. Quant à sir Williams Sanderley, il conservait un flegme imperturbable. Le déjeuner s'acheva sans que le lieutenant eût pu discerner au juste l'état civil et la situation sociale de ce cousin.

En quittant la table, Williams dit à Olivier :

— Je vais au salon de jeu faire une manille. Venez-vous avec moi, lieutenant?

— Merci, Monsieur. Je préfère remonter sur le pont avec Mme de Kervannec, répondit l'officier.

— Vous viendrez nous rejoindre aussitôt votre partie terminée. A tout à l'heure, dit Eva en prenant le bras de son mari.

Olivier et sa femme se rendirent sous la tente.

— Ne pourriez-vous me donner quelques renseignements sur ce parent Sanderley? interrogea Olivier.

L'accent d'Olivier avait revêtu une certaine nuance de mécontentement. Eva, se redressant, lui dit en fronçant les sourcils :

— Pourquoi cette question? Voudriez-vous jouer les Othello? Ce rôle est très mal porté en Amérique.

— Est-il surprenant que je désire mieux connaître un personnage faisant partie de votre famille?

— C'est juste, dit Eva radoucie. Voici donc les renseignements réclamés : Williams est le fils d'un gros marchand de charbons de Brooklyn, le principal faubourg de New-York. Sa mère était cousine de la mienne. Le père Sanderley a fait d'heureuses spéculations, et son fils s'est lancé à corps perdu dans les grandes industries métallurgiques. Il y a quatre ou cinq ans, il est parti pour l'Allemagne où on lui offrait une belle situation dans une importante usine. Vous comprenez la joie que j'ai éprouvée en rencontrant ainsi Williams à l'improviste, après cette longue séparation.

— Il fait sans doute partie de la maison Krupp, puisqu'il va la représenter à Chicago?

— Oui.

Et, comme Olivier demeurait silencieux :

— Vous n'êtes pas encore satisfait? demanda Eva. Je ne puis cependant vous en dire davantage.

— Vous avez raison, ma chère amie, par malheur, le seul nom de Krupp produit toujours une impression pénible sur un officier français.

— Ah! bah! pourquoi cela?

— Cet ingénieur allemand est l'inventeur des armes perfectionnées qui, en 1870, ont donné la victoire aux soldats de la Prusse.

Mme de Kervannec partit d'un bruyant éclat de rire.

— Comment! vous tenez rigueur à cet industriel pour les maux infligés à la France il y a vingt ans? En vérité, mon cher, je vous croyais au-dessus de ces puériles rancunes.

— Ah! pardon, Eva, vous ne me comprenez pas. Krupp, étant allemand, a agi dans la plénitude de son droit. Mais il continue son œuvre en s'efforçant de rendre impossible la revanche tant désirée.

Mme de Kervannec haussa les épaules.

— La revanche est un rêve, mon cher, dit-elle. L'Alsace et la Lorraine sont bel et bien destinées à rester toujours allemandes.

— Oh! Eva, ne parlez pas ainsi s'écria Olivier.

— Calmez-vous, repartit la jeune femme. Je n'ai nullement l'intention de vous froisser. Je m'explique votre chauvinisme, mais dans tous les cercles bien informés à l'étranger l'on rit des prétentions belliqueuses de la France. Vous reconnaîtrez vous-même l'exactitude de cette allégation lorsque vous aurez séjourné pendant quelques semaines à New-York.

— Rien ne me fera perdre l'espoir qu'un jour ou l'autre la grande iniquité de 1870 sera réparée.

— Oh! après tout, si vous y tenez, je le veux bien, dit Eva avec insouciance. Moi, d'abord, je ne m'occupe pas de politique, ajoutat-elle en bâillant. Mais laissez-moi reposer, Olivier, voulez-vous?

Ainsi congédié, le lieutenant se dirigea vers l'extrémité de la tente, dans l'intention de fumer un cigare. Il rencontra sur son passage un prêtre avec lequel il avait déjà échangé au déjeuner les propos d'usage entre voisins de table. Il se découvrit respectueusement, et la conversation s'engagea.

— Je traverse l'océan pour la huitième fois, dit le prêtre.

— Il y a longtemps que vous habitez l'Amérique?

— J'ai quitté Vannes, mon diocèse natal, en 1858, pour entrer dans les Missions étrangères, et je retourne maintenant dans ma chère mission.

— Vous êtes Breton?

— Je m'en fais gloire et honneur.

— Oh! mon Père, nous sommes compatriotes. Combien je me réjouis de cette rencontre! s'écria M. de Kervannec en serrant chaleureusement les mains du religieux.

Une conversation plus intime leur fit bientôt découvrir des liens d'affinité plus étroits encore. Le P. Joseph avait été, au collège de Vannes, le condisciple de M. Guihéneuf et de M. de Kervannec père. Il avait passé la plus grande partie de son dernier séjour en France chez les Eudistes de Redon.

A son tour, le lieutenant raconta son mariage et le but de son voyage aux Etats-Unis. Le religieux l'écoutait avec un affectueux intérêt.

— Pensez-vous donner votre démission, quand vous rentrerez à Paris? demanda-t-il.

— Dieu m'en préserve! répondit vivement l'officier. J'ai embrassé l'état militaire par goût, et je rougirais de croupir dans une honteuse oisiveté. Puis, c'est à mon épaulette que je dois la distinction dont j'ai été l'objet, et non à mon mérite personnel.

— Très bien, alors. Une seule objection me reste : Mme de Ker vannec n'a-t-elle point de parents susceptibles de l'engager à vous faire quitter le service?

— Ma femme est orpheline. Son oncle de Paris tient énormément à ce que je n'abandonne pas l'armée. A New-York, elle n'a plus qu'un seul parent, un frère de sa mère.

— Serait-il indiscret de vous demander le nom de ce parent? J'ai des relations à New-York, et si je pouvais vous être de quelque utilité, je le ferais de grand cœur.

— Je vous remercie. L'oncle de Mme de Kervannec se nomme Samuel Cahen.

— Samuel Cahen, répéta le religieux. Est-ce le banquier-coulissier de Broadway?

— C'est, je crois, en effet, l'adresse indiquée par ma femme. Connaissez-vous cet homme, mon Père?

— De nom seulement, répliqua le prêtre.

Il y eut un court silence. Le P. Joseph semblait réfléchir. Tout à coup, relevant la tête et attachant sur Olivier son regard sympathique et intelligent :

— Mon cher lieutenant, dit-il, mes cheveux blancs d'une part, mon caractère de prêtre de l'autre, et, enfin, mon titre de compatriote m'autorisent à vous donner quelques avis. Consentirez-vous à m'écouter?

— Avec le plus grand plaisir! s'écria Olivier. Je serai enchanté de trouver un guide habile et expérimenté pour m'aider à éviter les écueils de ce nouveau terrain de manœuvres.

— Très bien. Le Yankee, supérieur à l'Européen sous certains rapports, a, en quelque sorte, les défauts de ses qualités. L'Américain est plus travailleur que le Français, et il ne néglige aucun effort dans la poursuite du but à atteindre. Malheureusement, cette activité, cette persévérance, se concentrent exclusivement sur ce terrain tout positif : gagner beaucoup d'argent, augmenter toujours sa richesse. Par suite de ce souci exclusif des intérêts matériels, l'Américain perd trop souvent la notion des sentiments élevés.

— Mais, cependant, quand il est devenu millionnaire, milliardaire, si vous voulez, rien ne l'empêche de s'arrêter et d'élever ses regards plus haut.

— Détrompez-vous. Le Yankee continue sa course aux millions jusqu'au jour où la mort vient le surprendre.

— Et la famille, que devient-elle, avec cette existence?

— Comme chef de famille, il n'y a pas grand'chose à reprocher à l'Américain. Il ne trouve pas le temps de s'amuser et échappe, par conséquent, aux écueils où, trop souvent, les fils de la vieille Europe vont s'échouer. Le Yankee est chaste et tempérant. Enfin, il finit, un beau jour, par se marier. C'est un motif de plus, pour lui, de gagner de l'argent, mais sa femme et ses filles le dépenseront à pleines mains, sans se demander si ce labeur exclusif du père ou de l'époux ne dépasse pas les forces humaines.

— Dans tout cela, l'âme est bien oubliée, dit Olivier.

— Oh! absolument. Ne parlez pas à ces êtres livrés au culte de l'or de l'origine et des fins dernières de l'homme. Ils vous écouteront peut-être avec déférence, mais ils ne vous comprendront pas.

— Avec de tels principes, on ne peut guère avoir confiance dans la loyauté du Yankee.

— Cette loyauté est, en effet, très relative, répondit le P. Joseph. Aux États-Unis, comme chez nous, l'influence juive détruit les plus simples notions de probité et de justice.

— Il y a beaucoup de Juifs, à New-York?

— Oui, et surtout dans le monde des affaires, ils exercent un empire absolu. Le Français a la fâcheuse habitude d'apporter dans la discussion de ses intérêts une allure chevaleresque dont ses adversaires profitent pour le tromper de la plus odieuse façon. Aussi, méfiez vous de ces sémites menteurs et retors.

— Mais je ne vois pas bien les rapports d'affaires pouvant se produire entre les Israélites et moi, reprit le lieutenant étonné.

Le P. Joseph n'eut pas le temps de répondre à Olivier. Mme de Kervannec s'avançait de leur côté, accompagnée de sir Will'ams Sanderley, et le lieutenant, allant à leur rencontre, les ramena vers le religieux pour le leur présenter.

V

La traversée de la *Champagne* s'accomplissait très heureusement. La monotonie du voyage ne pesait pas à Olivier de Kervannec. Cependant, Eva se révélait à lui sous certains aspects insoupçonnés.

Avec les étrangers, la jeune femme retrouvait toute sa grâce et son amabilité habituelles, et le P. Joseph lui-même semblait sous le charme de sa conversation. Mais, parmi les passagers avec lesquels M. et Mme de Kervannec entretenaient des rapports suivis, le plus favorisé, sans contredit, était sir Williams Sanderley.

Au matin du 25 avril, la *Champagne* arrivait en vue de New-York. La colossale statue de la Liberté semblait inviter les étrangers à descendre au plus vite dans l'hospitalière cité. Olivier contemplait ce spectacle, appuyé sur le bastingage, quand Eva vint le retrouver.

— Dans deux heures, nous débarquerons, dit-elle. Je ne sais pas si mon oncle Samuel daignera venir à notre rencontre.

— Est-il prévenu de notre arrivée?

— Je lui ai écrit par le précédent paquebot, et je lui ai adressé en outre un télégramme avant de quitter le Havre. Malgré cela, il n'est peut-être pas très pressé de nous voir.

— Notre mariage lui a été désagréable?

— Je n'en sais rien, et cela m'importe peu.

— Alors, pourquoi nous serait-il hostile? Ah! j'y pense..... c'est à cause de votre abjuration.

— Lui!..... Il n'en sait absolument rien. D'ailleurs, que je sois presbytérienne ou catholique, cela lui est bien égal, puisqu'il est, lui, Israélite.

Olivier se retourna brusquement vers Eva.

— Comment! votre oncle est juif? s'écria-t-il.

— Oui ; vous ne le saviez pas? Le seul nom de Cahen aurait dû vous le faire deviner immédiatement. Sa sœur, ma mère, pratiquait le même culte.

— Eh bien! mais..... votre père?.... demanda le lieutenant.

— Mon père?..... Il est moins facile de répondre à cette question. Il était protestant, mais je ne sais pas au juste à laquelle des deux cent cinquante et quelques sectes de la religion réformée en Amérique il appartenait.

— Mais vous, ma pauvre Eva, quels principes vous a-t-on suggérés, dans ce singulier milieu? reprit l'officier avec une douloureuse émotion.

— Moi? C'est bien simple : j'ai perdu ma mère à huit ans. Mon père me confia alors à une gouvernante expérimentée, excellente femme d'ailleurs, et presbytérienne exaltée, qui me conduisit à son église. A quinze ans, j'entrai au collège de Wellesley, où sont élevées les plus riches jeunes filles des Etats-Unis. De mon temps, dix-huit sectes différentes étaient représentées parmi toutes les élèves, et nous nous trouvions, en particulier, trente-deux presbytériennes. Chaque dimanche, nous allions à Boston pour assister au service religieux, dans nos temples respectifs. Le soir, nous rentrions au collège, très contentes de notre journée et n'ayant nulle envie de soulever aucune discussion ou controverse religieuse.

— Convenez-en, Eva, le protestantisme est tellement large, tellement élastique que, bientôt, on le laisse tomber comme on se débarrasse d'un vêtement de pacotille n'ayant point été fait à votre taille.

— Vous avez raison, dit Eva ; c'est ce qui m'a décidée à entrer dans l'Eglise catholique. Il est certain que, pour la bonne harmonie de la famille, l'unité religieuse est préférable.

— Oh! oui, Eva. Comme nous serons heureux, dans quelques années, lorsque nous conduirons ensemble nos enfants à l'église, lorsque nous verrons ces jeunes intelligences s'ouvrir aux grandes vérités religieuses.....

— Certainement, interrompit Eva. Pour l'instant, bornons-nous à prendre nos mesures afin de faire conduire nos bagages, à terre le plus tôt possible.

Elle s'éloigna, légère et rieuse, laissant son mari péniblement impressionné. Cette origine juive, à lui révélée tout à coup, lui occasionnait infiniment de chagrin..... Et cet oncle avec lequel il allait se trouver en contact..... Encore un Juif..... Ah! il comprenait maintenant les avis, les réticences, les avertissements du P. Joseph!.....

Quoi qu'il en fût, le moment était peu propice aux longues réflexions. La *Champagne* jetait l'ancre, et chacun prenait ses dispositions pour descendre à terre. Avant de quitter le navire, M. et Mme de Kervannec prirent congé du P. Joseph, qui les invita fort aimablement à venir le voir à Québec où il serait rendu dans quelques jours. Sir Williams Sanderley se retrouva en face des jeunes époux à l'instant où ils franchissaient la passerelle.

— Attendez-moi donc, leur dit-il, nous ferons route ensemble.

— Où allez-vous? demanda le lieutenant.

— Chez l'oncle Samuel, parbleu! Je compte y rester trois ou quatre jours avant de partir pour Chicago.

— Alors, dit Eva, nous ne pouvons nous attarder avec vous. Je préfère me rendre immédiatement à mon hôtel, où ma vieille femme de charge doit nous attendre avec impatience.

— Mais vous embrasseriez votre oncle au passage, si vous m'accompagniez dans Broadway.

— Mon cher Williams, si ce digne oncle ne s'est pas dérangé pour venir à notre rencontre, c'est qu'il n'est pas très pressé de nous voir, répliqua Eva en riant. Quant à vous, vous voudrez bien nous faire l'amitié de venir demain matin partager notre déjeuner.

— Je n'aurai garde de décliner une aussi aimable invitation, répondit Sanderley en serrant avec effusion les mains d'Olivier et d'Eva. A demain!

Il retourna à ses bagages, tandis que M. et Mme de Kervannec s'installaient dans le cab devant les conduire à l'hôtel Jenner.....

Le trajet était long pour arriver à la demeure d'Eva, et Olivier commençait à se fatiguer de la monotone régularité de ces rues et avenues se coupant à angle droit, et qui font ressembler New-York à un vaste damier.

Enfin, le cab, sur l'ordre d'Eva, s'arrêta devant un hôtel d'apparence confortable, dans la cinquante-septième rue, à quelques mètres de l'entrée de la cinquième avenue.

— C'est ici, nous voici chez nous, dit Mme de Kervannec en sautant à bas de la voiture.

Olivier la suivit et posa le doigt sur le bouton de la sonnerie. Presque aussitôt, la porte s'ouvrit, mais ce fut un grand garçon de vingt-cinq à trente ans, au teint jaune, aux yeux noirs et au nez écrasé qui parut sur le seuil. Eva prit aussitôt la parole :

— Betty Steward? Elle est ici, je suppose? dit-elle.

— Betty Steward? Connais pas, répliqua le laquais en se disposant à fermer la porte au nez de la jeune femme.

M. de Kervannec lui posa la main sur le bras.

— Pardon, l'ami, dit-il; nous sommes pourtant bien ici à l'hôtel Jenner?

— Mais non, Monsieur. C'est M. Cahen qui demeure dans cette maison.

Olivier regarda sa femme avec stupéfaction.

— Par exemple, l'aventure est bonne, dit celle-ci en éclatant de rire. Mon oncle s'est emparé de mon domicile?

Puis, se tournant vers le domestique :

— Conduisez-nous auprès de votre maître, mon garçon, continua-t-elle.

— Il est absent, Madame. Mon maître part le matin à son bureau, 173, Broadway Street, et il ne rentre que le soir pour dîner.

Et le valet chercha à se dégager de l'étreinte d'Olivier. Eva s'en aperçut.

— Mon garçon, dit-elle impérieusement, cet hôtel est ma propriété personnelle. Ce n'est pas vous qui m'empêcherez de rentrer chez moi. Donc, laissez-nous passer.

Le laquais ne se fût sans doute pas soumis à l'injonction d'Eva, mais Olivier lui serrait toujours nerveusement le bras, et il comprit que toute résistance ouverte était inutile. Il s'effaça donc pour livrer passage.

— Voilà, en vérité, une singulière arrivée, dit le lieutenant. Que signifie cette attitude de votre oncle?

— Oh! soyez tranquille, nous saurons le mater, repartit Eva. Je voudrais bien savoir, par exemple, ce qu'est devenue cette pauvre Betly.

Elle posa la question au domestique.

— Je ne sais pas, Madame, répondit celui-ci. Je suis au service de M. Cahen depuis quinze jours seulement.

— Mais votre maître demeure-t-il ici depuis longtemps? demanda à son tour Olivier.

— Je ne peux pas vous dire. J'arrive de la Chine.

Eva haussa les épaules.

— Ces Chinois sont idiots, dit-elle. Ils ne sont bons qu'à faire la cuisine ou la lessive.

— Avouez, ma chère amie, repartit Olivier, que ce pauvre garçon n'est pas précisément heureux de notre invasion.

— Il va bien falloir aussi qu'il nous apprête à déjeuner. J'ai une faim rouge, dit Eva.

— Nous pourrions aller déjeuner dans un restaurant voisin, suggéra Olivier.

— Vraiment non. Je suis ici et j'y reste.

— Nous avons eu assez de peine.....

Le bruit d'une clé introduite dans la serrure de la porte extérieure coupa la parole à Olivier, et un nouveau personnage pénétra dans le vestibule.

C'était un homme de cinquante-cinq à soixante ans, au nez crochu, au front bas, aux longs cheveux gris tombant sur les épaules, aux yeux noirs clignotants. Olivier eut peine à dissimuler une fâcheuse impression.

— Serait-ce là l'oncle Samuel? se dit-il.

Eva s'était redressée de toute sa hauteur, l'œil étincelant, la lèvre dédaigneuse. Le nouveau venu ne lui laissa pas le temps de prendre la parole, et, s'avançant avec empressement vers M. et Mme de Kervannec, il leur saisit à chacun une main.

— Mes chers enfants, que je suis heureux de vous voir! s'écria-t-il d'une voix larmoyante et avec cet accent nasillard du Juif de tous les pays. Par exemple, j'ai un reproche à vous faire : pourquoi ne vous êtes-vous pas arrêtés en passant à mon bureau de Broadway?

— Il était bien plus simple de venir directement chez moi, repartit Eva en appuyant intentionnellement sur son dernier mot.

— Nous pensions, du reste, vous voir ce matin au débarcadère, dit Olivier.

— Mon cher neveu, reprit le vieillard d'un ton paterne, j'étais en voyage. Je ne suis rentré que ce matin à mon bureau, où j'ai trouvé vos lettres et télégrammes. Puis Sanderley est arrivé presque en même temps.

— Tout cela n'explique pas, mon oncle, pourquoi votre domestique a failli nous mettre à la porte.

— Serait-il vrai? Ce Chinois est un imbécile ; je le chasserai dès ce soir. C'est si difficile de se faire servir à New-York...

— Et qu'est devenue l'ancienne femme de charge? reprit Olivier.

— Ah! oui, Betty..... Une bonne et excellente créature. Elle a eu bien des malheurs. Sa sœur est morte en laissant plusieurs enfants, et elle est retournée dans son pays pour élever et soigner ces pauvres orphelins.....

— Allons, assez de mensonges, mon oncle! s'écria Eva avec éclat. Vous avez chassé cette femme. Vous croyiez sans doute que je resterais toujours en France et vous vouliez vous emparer de cette demeure sans bourse délier.

— Ta, ta, ta! voilà de bien gros mots pour une chose fort simple. C'est vrai; j'ai cru pouvoir m'installer ici après le départ de Betty, afin que la maison ne restât pas inhabitée. Mais quel préjudice t'ai-je causé? Rien n'a été détérioré, tu pourras t'en assurer de tes propres yeux.....

— C'est possible, mais vous ne coucherez pas ici ce soir.

— Ah! Eva, c'est mal d'agir ainsi avec ton seul parent, le propre frère de ta mère, dit le vieillard avec des larmes dans la voix. Je te payerai ton loyer, puisque tu as le cœur aussi dur.....

— J'y compte bien, répliqua la jeune femme. Nous aurons, d'ailleurs, d'autres comptes à régler ensemble.

— Ah! Dieu d'Abraham! Comme tu me traites!

Et Samuel Cahen se tournait d'un air suppliant vers Olivier. Fatigué de cette scène, celui-ci répliqua sèchement :

— Convenez-en, Monsieur, si, pour un motif ou pour un autre, vous preniez la résolution de venir habiter cette maison, vous deviez tout au moins en avertir miss Jenner. Nous eussions évité un débat qui ne peut favoriser nos rapports ultérieurs.

— Alors, vous voulez me demander compte de l'administration de la fortune de ma nièce? reprit M. Cahen d'un air navré.

— C'est assez naturel, il me semble.

— J'espérais que vous auriez plus de confiance en moi. Habitant Paris, il vous sera difficile, sinon impossible, de surveiller vos intérêts ici. Je me chargerais volontiers de ce soin en vous faisant passer vos revenus à des époques régulières.

— Je vous suis très reconnaissant de cette sollicitude, repartit le lieutenant. Par malheur, la loi française, en me confiant l'administration des biens de ma femme, m'impose aussi l'obligation de prendre toutes les mesures nécessaires pour accomplir cette tâche. Vous aurez donc l'amabilité de m'assigner un prochain rendez-vous, afin que nous puissions en terminer au plus vite avec ces ennuyeuses questions d'argent.

— Et tu es aussi de cet avis, Eva? dit encore Samuel.

— Absolument, mon oncle. Je ratifie d'avance tout ce que décidera M. de Kervannec.

Un fauve éclair passa dans les yeux du vieillard. Il redressa sa taille courbée et, d'une voix où la colère perçait :

— Je m'exécuterai, dit-il, mais tu te repentiras de ta folle imprudence. Adieu !

Il sortit d'un pas rapide et sauta dans une voiture.


## VI


Samuel Cahen personnifiait admirablement le Juif classique tel qu'il a été dépeint par Shakespeare et Walter Scott.

Son père, d'origine allemande, était arrivé à New-York aux environs de 1830. Il ouvrit un petit magasin de brocanteur dans l'un des plus pauvres quartiers de la ville. Ses affaires prospérèrent au point que, vers 1865, il pouvait offrir aux prétendants à la main de sa fille, Mlle Rachel Cahen, une dot de cinquante mille dollars.

A cette fortune rondelette, la jeune personne joignait une beauté remarquable qui captiva les yeux et le cœur de Dick Jenner, fils d'un riche banquier de la ville. M. Jenner épousa la fille du vieux brocanteur, et, à la mort de M. Jenner père, survenue deux ou trois ans plus tard, il s'installa avec sa jeune femme dans l'hôtel de la cinquième avenue dont M. et Mme de Kervannec venaient de reprendre possession.

Samuel Cahen avait, dès sa plus tendre enfance, secondé son père dans son négoce. D'ailleurs, l'humble échoppe du brocanteur s'était peu à peu transformée en un beau magasin d'objets d'art. Mais après le mariage de Mme Jenner, Samuel abandonna le magasin paternel et ouvrit dans Broadway une sorte de cabinet interlope où l'on s'occupait en apparence d'opérations de bourse, mais où se traitaient en réalité des affaires de tout genre, pourvu que les commissions à toucher fussent rémunératrices.

Dans cette disposition d'esprit, Samuel s'était facilement habitué à considérer comme sienne la fortune d'Eva, dont il avait accepté la tutelle lors de la mort de Dick Jenner. Ce fut avec un certain plaisir qu'il reçut la nouvelle du mariage de la jeune fille..... Sans doute, Eva et son mari n'étaient pas près de venir en Amérique. En leur adressant une centaine de mille francs tous les ans, ils seraient enchantés de leur sort, et lui, Samuel, pourrait empocher de respectables bénéfices pour ses petits frais de gestion.

M. Cahen, appelé à Panama par une importante affaire, avait réellement quitté New-York depuis trois semaines. La lettre d'Eva annonçant sa prochaine arrivée ne lui était point parvenue, et son désappointement était grand devant la nouvelle tournure des choses.

Il arriva à son bureau, 172, Broadway-Street, dans un véritable accès d'irritation. Au bruit de la porte refermée avec violence, un gentleman occupé à écrire releva la tête. C'était sir Williams Sanderley.

— Eh bien! quoi, oncle Samuel? Comment trouvez-vous notre nouveau parent? demanda-t-il.

M. Cahen jeta son chapeau sur la cheminée et, se laissant tomber sur un siège :

— Ah! les monstres, gémit-il. Eva était emportée, mais on arrivait à lui faire entendre raison. Aujourd'hui, soutenue par ce Breton, elle est devenue intraitable.

— Alors vous avez été mal reçu?

— On m'a intimé l'ordre de déménager immédiatement, et l'on me réclame une reddition de comptes dans le plus bref délai.

Et Samuel courba la tête sur sa poitrine. Sir Sanderley, se renversant en arrière sur son siège, croisa les jambes et, tirant une bouffée de son fin cigare de Maryland :

— Tiens! tiens! tiens! dit-il, c'est un ultimatum en règle. Ce petit lieutenant.....

— Tu ris! s'écria Samuel rouge de colère ; tu me disais ce matin même que M. de Kervannec ne devait rien entendre aux affaires et que tout s'arrangerait aisément entre nous.

— C'était là une impression toute personnelle. En bonne conscience, mon oncle, je ne pouvais prévoir que vous aviez poussé l'audace jusqu'à vous installer chez Eva. Ah! si vous aviez vécu comme moi en Europe, vous sauriez y mettre plus de formes.

Il riait aux éclats, l'excellent Williams, et cette gaieté intempestive acheva d'exaspérer M. Cahen.

— Vraiment, je te conseille de défendre Eva, dit-il, elle a été si aimable avec toi, jadis!

— Bah! c'est de l'histoire ancienne. Je lui devrais plutôt de la reconnaissance d'avoir refusé mon cœur et ma main. Je trouve maintenant l'existence du célibataire beaucoup plus agréable que celle du chef de famille. Cela ne saurait vous étonner, vous, mon oncle.....

— Enfin, interrompit Samuel, le refus d'Eva t'avait causé une déception telle que tu as pris le parti de quitter l'Amérique. Le pardon des injures est, dit-on, une vertu chrétienne, mais nous autres, Israélites, nous devons toujours avoir devant les yeux le vieux précepte ; œil pour œil, dent pour dent.

Le sourire railleur crispant les lèvres de sir Sanderley disparut soudain et, se plaçant debout devant M. Cahen :

— Je ne suis pas un homme à pardonner ou à oublier les injures, répondit-il d'une voix sifflante. Je ne puis vous dire quelle a été ma première impression, en retrouvant Eva. Le lieutenant de Kervannec, je dois le reconnaître, possède des qualités de nature à séduire une jeune fille sans expérience. Eva payera sans doute fort cher l'entraînement auquel elle a cédé. En tout cas, je vous l'affirme, un jour ou l'autre, je me vengerai.

— A la bonne heure, et si tu as besoin de mon concours, compte sur moi, reprit Samuel.

— Merci, mon oncle.

Les deux hommes se serrèrent la main comme pour mieux sceller le pacte d'alliance.

— Ceci entendu, reprit Williams Sanderley, je dois vous prévenir que je garderai auprès de M. et Mme de Kervannec la même attitude calme et résignée. Il ne faudrait pas vous étonner si, à l'occasion, je feignais de prendre parti pour eux contre vous.

— C'est une bonne tactique, répliqua Samuel sans s'émouvoir. Par exemple, si dans tes rapports avec eux tu apprenais quelque chose de nature à m'intéresser, tu aurais l'amabilité de m'en avertir.

— Parbleu! cela va sans dire. Et quand aura lieu ce fameux règlement de compte?

— Le lieutenant m'a prié de lui fixer un rendez-vous. Au préalable, il me faut opérer certaines rentrées..... Ah! tout cela est bien pénible!

— Vous saurez vous tirer d'affaire. Au revoir, je vais porter ces lettres à la poste.

Et, prenant son chapeau, sir Williams Sanderley sortit rapidement du cabinet.

. . . . . . . . . . . . . . . . . . . . . . .

Le fameux compte de tutelle devait être, en effet, fort long à établir, car il se passa plus de trois semaines sans que M. et Mme de Kervannec reçussent des nouvelles de Samuel Cahen. Olivier prit alors le parti de lui rafraîchir la mémoire par l'intermédiaire d'un solicitor, M. Balder, qu'Eva lui indiqua. En dépit de son intelligence, la jeune femme n'avait aucune idée précise du chiffre de sa fortune et des réclamations à adresser à son oncle.

M. Balder reçut du reste admirablement le lieutenant.

— J'attendais cette démarche de votre part, lui dit-il, car je prévoyais les difficultés contre lesquelles Mme de Kervannec aurait à se débattre.

— Ma femme m'a parlé de vous ce matin seulement, répondit Olivier, et je suis venu vous consulter aussitôt. La législation américaine m'est tout à fait étrangère, et je n'ai qu'une idée très approximative du montant de la fortune de Mme de Kervannec. Suivant vous, quelle en est l'importance?

Le solicitor attacha sur l'officier un regard inquisiteur, puis, se livrant à une rapide calcul mental :

— Du chef de sa mère, miss Eva possédait deux cent mille dollars en chiffre rond, dit-il enfin. Son père a dû lui en laisser environ le double, soit au total six cent mille dollars.

— C'est-à-dire trois millions, reprit Olivier avec étonnement. Tiens! à Paris, on m'avait toujours parlé de six millions.

— C'est pourtant déjà un joli denier, repartit M. Balder d'un ton revêche.

— Sans doute, s'empressa de répondre Olivier. Enfin, l'important est d'en terminer au plus vite, et je vous serai très reconnaissant de vouloir bien sans retard vous mettre en rapport avec M. Cahen.

— Je lui écrirai aujourd'hui même.

— Parfaitement. Si je vous presse de la sorte, c'est que nous n'avons plus qu'un mois à passer à New-York.

— Un mois..... Y pensez-vous, Monsieur? Jamais nous n'aurons terminé.

— Les Yankees passent, en Europe, pour être très expéditifs en affaires.

M. Balder se prit à rire.

— C'est une réputation légèrement usurpée, dit-il. Nous sommes au 15 mai. Si nous réussissons à faire rendre gorge à M. Cahen avant la fin de juillet, vous pourrez vous estimer heureux.

— Il me faut donc redemander une nouvelle permission, reprit M. de Kervannec.

— C'est le seul parti à prendre.

Le lieutenant prit congé de l'homme d'affaires et vint raconter à Eva l'entretien qu'il avait eu avec lui.

— M. Balder se trompe sûrement dans l'évaluation de ma fortune, dit-elle. Quant à vous, vous allez écrire aujourd'hui même au colonel de Lagrenée. J'enverrai aussi un mot à cette bonne Mme Durousier pour appuyer votre demande, et nous ne rentrerons à Paris qu'à la fin de septembre.

— Six mois de congé, soupira Olivier, que vont dire mes camarades?

— Etes-vous donc si à plaindre, mon cher? reprit Eva câlinement. Nous n'aurons pas le temps de nous ennuyer ici, je vous le promets.

Déjà, du reste, elle avait présenté son mari à de vieux amis de son père et à des jeunes femmes du high life de New-York, ses anciennes condisciples de Wellesley. Partout on avait fait le meilleur accueil au lieutenant, et les invitations commençaient à venir de tous côtés à l'hôtel Jonner.

Bals, concerts, dîners, promenades se succédaient sans relâche. Eva retrouvait dans ce train de vie toute la grâce, toute la gaieté dont elle avait fait preuve à Paris l'hiver précédent.

Parfois, Olivier éprouvait une certaine lassitude physique et morale dans cette agitation perpétuelle. Il eût voulu se ménager quelques moments de tête-à-tête avec sa jeune femme. Cela devenait impossible, car les rares loisirs d'Eva étaient remplis par les combinaisons de nouvelles toilettes ou par les préparatifs des réceptions à leurs amis.

Le lieutenant avait suffisamment fréquenté la société parisienne pour l'apprécier à sa juste valeur. A New-York, il se sentait plus isolé, moins sûr encore du terrain sur lequel il s'aventurait.

On lui faisait mille protestations, mille avances empressées; mais, il le devinait, ces prévenances s'adressaient bien plutôt au danseur expérimenté, à l'habile partenaire du crocket ou du lawn-tennis, au canotier intrépide qu'à sa personne morale.

C'est là, en effet, l'un des caractères distinctifs de la société new-yorkaise : on n'y estime les gens qu'en proportion des avantages et des agréments qu'on peut retirer de leur fréquentation.

A la demande du lieutenant de Kervannec, le colonel de Lagrenée s'empressa d'octroyer le congé sollicité. Eva sauta de joie en apprenant cette nouvelle.

— Quel bonheur! dit-elle. La ville devient inhabitable par cette chaleur torride, et tous nos amis partent pour New-Port ; nous allons les suivre et passer six semaines au bord de la mer. Puis nous irons visiter l'exposition de Chicago vers la fin d'août, et nous nous embarquerons le 10 ou le 15 septembre.

— Mais, ma chère, fit observer Olivier, nous ne devons pas songer exclusivement au plaisir, il faut absolument que nous en finissions avec votre oncle.

— C'est aussi mon avis, mais puisque M. Balder a notre mandat, nous n'avons pas à nous inquiéter.

— M. Balder peut avoir besoin de nous d'un instant à l'autre.

— Eh bien! il nous écrira. D'ailleurs, entre temps, nous ferons quelques apparitions à New-York, de façon à tout régler avant notre départ pour Paris. Allons, c'est entendu ; je fais mes malles et après-demain nous serons à New-Port.

Et, sans attendre la réponse de son mari, l'impérieuse jeune femme quitta le salon.

VII

Rentrés à New-York depuis trois jours, M. et Mme de Kervannec devaient s'embarquer le surlendemain sur le paquebot *la Touraine*, en partance pour le Havre.

Eva était seule dans son hôtel et lisait un roman à la mode. Le bruit de la porte lui fit relever la tête. Olivier de Kervannec était sur le seuil.

Ses sourcils froncés, le tremblement de ses lèvres dénotaient une évidente contrariété. Il tenait plusieurs papiers à la main. Eva remarqua aussitôt son trouble.

— Qu'avez-vous, *my dear?* dit-elle en lui tendant la main. Avez-vous reçu de mauvaises nouvelles?

— Mauvaises est peut-être un peu exagéré. En tout cas, elles ne sont pas précisément satisfaisantes.

— De quoi s'agit-il? L'oncle Samuel ne veut pas s'exécuter, décidément?

— Si. Les fonds sont prêts, mais la note me paraît un peu..... salée. Voyez plutôt cette lettre de M. Balder.

Du geste, Eva repoussa le papier que lui tendait son mari.

— Lisez vous-même, dit-elle en bâillant.

Olivier lut ce qui suit :

« Très honoré Monsieur, j'ai le plaisir de vous annoncer que le règlement de compte entre Mme de Kervannec et M. Samuel Cahen, son oncle, est enfin terminé. Les fonds sont déposés à la Banque Internationale, où nous pourrons aller les toucher aujourd'hui même si vous le voulez. Voici comment se décompose le compte. »

— Je vous fais grâce de la nomenclature des actions et valeurs diverses, s'interrompit le lieutenant. L'hôtel où nous sommes est estimé 40 000 dollars. Le total général s'élève à 683 245 dollars.

— Ah! très bien, dit Eva d'un air approbateur.

— Attendez, poursuivit Olivier ; il y a une restriction à laquelle je ne m'attendais guère. Écoutez la fin de cette lettre :

« De ce total, très honoré Monsieur, il y aura lieu de déduire, pour mes honoraires, soins et débours dans cette négociation, une quote-part de dix pour cent, soit 68 324 dollars. Il vous restera donc net à toucher : 614 921 dollars. »

Le lieutenant ferma la lettre et regarda sa femme, qui lui dit, avec un imperturbable flegme :

— Eh bien! que trouvez-vous d'étonnant dans tout cela?

— Comment! cette note de frais énorme ne vous scandalise pas? M. Balder va toucher plus de 340 000 francs d'honoraires.

— Vous n'aviez pas, je pense, la prétention qu'il nous prêterait son concours gratis. C'est un homme très consciencieux.....

— Que serait-ce alors s'il ne l'était pas? reprit l'officier.

— Enfin, dit Eva avec impatience, nous tenions à réaliser ces valeurs avant notre départ. Vous n'allez pas soulever de difficultés au dernier moment.

— Parbleu! M. Balder a habilement manœuvré.

Puis, après un instant d'hésitation :

— N'avez-vous non plus aucune observation à faire sur le fonds même du compte, Eva? demanda-t-il. Ce chiffre de trois millions n'est pas tout à fait conforme à celui que vous m'indiquiez autrefois.

La jeune femme eut un geste d'insouciance.

— Vous avez peut-être raison, dit-elle. Mon oncle a dû sûrement employer des manœuvres frauduleuses pour tromper M. Balder. Mais qu'y faire? Là encore, c'est, comme vous le dites, la carte forcée.

Olivier réprima un geste de désappointement. Les intérêts de sa femme étaient gravement lésés, mais une trop grande insistance sur ce point aurait produit mauvais effet. Il attendit vainement une nouvelle réflexion. Sa femme demeura muette et se mit en devoir de continuer sa lecture. M. de Kervannec se décida à reprendre la parole.

— J'ai reçu aussi une lettre du colonel de Lagrenée, dit-il.

— Ah! ce cher colonel, reprit Eva.

— Il m'annonce une nouvelle fâcheuse. Il est, paraît-il, question d'un changement de garnison pour notre régiment. On l'enverrait, d'ici la fin de l'année, sur la frontière de l'Est, à Charleville ou à Nancy, je ne sais pas au juste.....

— Comment! vous seriez menacé de quitter Paris?

— Hélas! oui. Le régiment est parfaitement entraîné et instruit. Aussi veut-on nous confier un poste d'honneur.

— Ah! ça, c'est une plaisanterie, s'écria Mme de Kervannec en proie à une véritable surexcitation. Vous ne supposez pas, je pense, que je consente jamais à aller m'enterrer dans une méchante bourgade?

— Cependant, ma chère Eva, vous le savez, le soldat ne s'appartient pas. Je suis porté sur le tableau d'avancement. Dans quelques mois, je serai nommé capitaine, et, en faisant jouer certaines influences, je rentrerai sûrement à Paris.....

Eva s'était levée. Elle frappa du pied avec colère.

— Non, mille fois non, s'écria-t-elle. Je ne quitterai pas Paris, fût-ce pour deux mois, fût-ce pour quinze jours.....

— Enfin, Eva, le respect de la discipline.....

— Jamais, vous dis-je! Mieux vaudrait donner votre démission.

— Moi? quitter le service! Je n'y consentirai jamais.

Les deux époux n'avaient point entendu un bruit de pas retentissant dans le vestibule. La porte du salon s'ouvrit, et sir Williams Sanderley parut sur le seuil. D'un coup d'œil, il se rendit compte qu'un nuage venait de se produire entre M. et Mme de Kervannec, mais il s'avança vers eux les deux mains tendues.

— Bonjour, chers amis, dit-il. Vous ne vous attendiez pas à me voir ce matin à New-York. Je vais vous surprendre bien davantage : je pars avec vous et je viens d'arrêter à l'instant mon passage à bord de la *Touraine*.

— Quoi! vous rentrez déjà en Allemagne? demanda Olivier surpris.

— Je ne vais point à Berlin. Je quitte la maison Krupp et je m'associe avec un gros négociant dont j'ai fait la connaissance à Chicago. Il me confie la représentation de sa maison à Paris.

— Ah! tous mes compliments. Et quel est, sans indiscrétion, le genre de commerce auquel vous allez vous livrer? demanda Olivier.

— Mon cher, il s'agit surtout de produits alimentaires. Nous soumissionnerons les fournitures pour l'armée, les établissements publics, etc.

— Ce doit être très avantageux, dit Eva.

— Mais, pour mon compte personnel, j'espère bien me faire un revenu de quinze à vingt mille dollars par an.

— C'est assez gentil, et, ce qui est encore plus agréable pour nous, c'est qu'étant fixés tous à Paris nous pourrons nous voir souvent.

— Belle cousine, vous êtes trop aimable, dit Williams en s'inclinant.

— Vous vous avancez peut-être beaucoup, Eva, dit mélancoliquement M. de Kervannec, en disant que nous serons tous fixés à Paris.....

— Pas du tout, mon cher Olivier, repartit impérieusement la jeune femme. Ma résolution à cet égard est irrévocable.

— Qu'y a-t-il donc? Que voulez-vous dire? interrogea sir Sanderley.

— Le régiment de M. de Kervannec va être envoyé dans je ne sais quel trou de la Champagne ou de la Lorraine, répondit Eva. Vous comprenez bien que je n'irai pas m'ensevelir ainsi toute vivante.

— Et vous aurez parfaitement raison, appuya sir Sanderley.

— Pardon, mon cher ami, dit sèchement Olivier. Au lieu d'encourager Mme de Kervannec, vous feriez mieux de m'aider à lui démontrer que je ne puis empêcher ce déplacement.

— Mais pas du tout, lieutenant. Rien ne vous est plus facile que de rester à Paris.....

— Allez-vous me conseiller, vous aussi, de démissionner?

— Nullement. Faites-vous attacher à l'état-major ou entrez dans les bureaux de la Guerre.

M. de Kervannec eut une moue significative.

— Merci de la proposition, dit-il, mais elle ne me sourit aucunement. Ce que j'aime surtout dans l'état militaire, ce sont les marches, les exercices violents, la vie au grand air..... Je n'ai point été créé et mis au monde pour faire un rond-de-cuir.

— Ah! par exemple, Olivier, reprit Eva, ceci devient de l'obstination pure. Que vous ne vouliez pas quitter l'armée, je le conçois et même je vous approuve, mais vous ne pouvez refuser une solution qui concilie tout, en vous fixant pour jamais dans ce Paris devenu pour moi, maintenant, ma patrie d'adoption.

La jeune femme, en prononçant ces derniers mots, avait repris cette expression de câlinerie qui la rendait irrésistible. De nouveau, la chatte faisait patte de velours, et le lieutenant répondit avec douceur :

— Les postes dont parle Sanderley ne sont pas faciles à décrocher.

— Détrompez-vous, lieutenant, reprit vivement Williams. Si vous m'en donnez l'autorisation, je me fais fort de vous obtenir ce qu'il vous faut avant deux mois d'ici.

— Ah! et comment cela ? demanda Olivier.

— Avec vous, je joue cartes sur table. Mon nouvel associé, M. Juppenheimer, a de très hautes relations. Il fait la pluie et le beau temps au ministère de la Guerre, et je me mets à votre entière disposition.

— Ah! merci, merci, Williams, dit Eva avec effusion.

M. de Kervannec était perplexe. D'instinct, il se défiait de tous ces porteurs de noms à consonance israélite. Cependant, il prit le parti de gagner du temps.

— Je ne saurais trop vous remercier de votre obligeance, dit-il à Williams. Nous reparlerons de tout cela. Pour aujourd'hui, il faut que j'aille rejoindre M. Balder à la Banque Internationale.

— Ah! oui, vous êtes enfin tombés d'accord, m'a dit l'oncle, reprit sir Sanderley d'un ton indifférent. J'en suis enchanté pour vous comme pour lui.

— Oh! répondit Olivier, dire que nous sommes tombés d'accord est une pure métaphore. La vérité, la voilà : acculés par notre prochain départ, nous sommes forcés d'accepter ses propositions.

— M. Balder a certainement pris vos intérêts mieux que vous n'eussiez pu le faire vous-mêmes, dit Sanderley avec conviction.

— Il n'a point négligé les siens, je puis vous l'assurer.

— Allons, allons, dit Eva en riant ; vous en voulez décidément par trop à ce pauvre M. Balder. Mais pourquoi n'avoir pas établi vos conditions dès le début? Il n'est plus temps de marchander, maintenant.

— C'est vrai, reprit Williams. Enfin, mon cher lieutenant,

quelques milliers de plus ou de moins ne tirent pas à conséquence.
On vit plus économiquement à Paris qu'à New-York.

— Vous avez raison. Malheureusement, mon cher mari ne semble
plus comprendre ce langage.

— Oh! Eva, pouvez-vous parler ainsi? répliqua M. de Kervannec.

Quelques instants plus tard, sir Williams Sanderley, montant dans
un tramway, arrivait aux bureaux de sir Samuel Cahen.

Celui-ci, à la vue de Williams, s'avança vers lui :

— Eh bien? demanda-t-il avec anxiété.

— Eh bien! tout marche comme sur des roulettes, répondit Sanderley.

— Ainsi, Eva et son mari acceptent la transaction?

— Oui.

— Ah! dit Samuel avec un soupir, j'ai été trop large. Ils se seraient
contentés de six cent mille dollars.....

— Vous vous méprenez, cher et digne oncle. M. de Kervannec,
convaincu que vous le trompez, n'eût pas souscrit à l'arrangement
proposé, si Eva n'avait plaidé en faveur d'une solution immédiate.

— Chère petite! je lui revaudrai cela, dit M. Cahen avec com-
ponction.

— Dame! ce serait assez juste, car, entre nous, vous lui gardez plus
de trois millions.

— Tu exagères, Williams. La fortune de Dick Jenner ne dépassait
guère un million deux cent mille dollars. Eva a dépensé énormémeₓₓ
à Paris l'année dernière..... Et puis, Balder m'a demandé de fortes
commissions.....

— Ah! ça, il est décidément insatiable, votre Balder, s'écria sir
Sanderley en riant. Il réclame dix pour cent d'honoraires à Eva.

— Tant que cela? fit Samuel. Mais quelle est l'impression de M. de
Kervannec?

— Il est fortement interloqué, reprit Williams riant toujours. Mais
il payera.

— Oh! ces jeunes gens! Quels prodigues! soupira Samuel. Que
deviendront-ils là-bas, dans ce Paris?

— Soyez tranquille, mon oncle, je veillerai sur eux, et.....

Il s'arrêta un instant, puis, baissant la voix et avec un rire méphis-
tophélique :

— Et moi aussi, je saurai tirer d'eux de beaux avantages, acheva-t-il.


## VIII


Dix ans ont passé.

Par une belle matinée d'avril, la partie de l'avenue de l'Alma abou-
tissant aux Champs-Élysées était magnifiquement ensoleillée.

Une femme d'une trentaine d'années, portant le costume des pay-
sannes du Morbihan, sortait d'un hôtel formant angle, en compagnie
d'une charmante fillette de huit à neuf ans, aux longs cheveux bruns
bouclés.

La petite fille et la servante se dirigeaient vers la rue Pierre-Charron, quand elles se heurtèrent presque à un militaire qui venait en sens inverse.

— Tiens! c'est papa, dit joyeusement l'enfant en sautant au cou de l'officier.

— Bonjour, ma petite Lucy ; où vas-tu? répondit celui-ci en lui rendant ses caresses.

— A la messe, père. C'est aujourd'hui dimanche.

— Où donc est ta mère?

— Madame avait la migraine, et elle ne se lèvera pas avant le déjeuner, répondit la Bretonne.

— C'est ennuyeux, aussi. Maman est toujours malade le dimanche, continua Lucy d'un petit ton boudeur.

Olivier de Kervannec fronça les sourcils, et, s'adressant à la gouvernante :

— Dépêchez-vous, Catherine, dit-il. La messe doit être bien près de commencer.

Lucy et la domestique reprirent leur marche vers l'église Saint-Pierre de Chaillot, tandis que le capitaine de Kervannec regagnait l'hôtel de l'avenue de l'Alma.

Il monta au premier étage, ouvrit la porte centrale du palier, se dirigea vers une porte et frappa un léger coup.

— Entrez, dit une voix de femme à l'intérieur.

Olivier tourna le bouton et pénétra dans une magnifique chambre à coucher. Dans un angle de la pièce, assise devant une toilette couverte de flacons, Mme Eva de Kervannec achevait de se faire coiffer par une sémillante camériste. Reconnaissant son mari dans la glace de la toilette :

— Ah! c'est vous, Olivier, dit-elle. Quel bon vent vous amène si matin?

— Je venais prendre de vos nouvelles. Catherine m'a dit que vous étiez souffrante.

— Oui, j'ai mal dormi et je me suis décidée à ne pas sortir, répondit Eva.

— Votre coiffure est bientôt terminée?

— Oui, Monsieur ; je pose la dernière épingle, dit la camériste. Voilà qui est fini.....

— Très bien. Laissez-nous, Angèle.

La jeune fille se hâta de sortir, et Eva regarda son mari avec étonnement.

— Ah! ça, quelle mouche vous pique ce matin? dit-elle.

— Une explication est nécessaire entre nous, Eva.

— Ah! à quel propos, je vous prie? Soyez bref. Je veux déjeuner de bonne heure, car nous allons tantôt à la Société de bienfaisance des écoles laïques.

— Mais puisque vous avez la migraine, vous ne pourrez assister à cette réunion? dit Olivier.

— Oh! ma migraine est déjà passée.

— Soyez franche, Eva. Du reste, nous touchons au point dont je voulais précisément vous entretenir. « Maman est malade tous les dimanches », me disait à l'instant notre petite Lucy.....

— Ah! elle a remarqué cela? C'est gentil de sa part, dit Mme de Kervannec en riant.

— Elle aurait pu ajouter que ces malaises périodiques disparaissent toujours sur le coup de midi. Je suis donc autorisé à penser que vous cherchez simplement un prétexte pour vous dispenser d'assister à la messe dominicale.

— Eh bien! après? demanda Mme de Kervannec railleuse.

— Après..... après..... reprit Olivier. Voyons, est-il convenable qu'une mère de famille, une maîtresse de maison donne un tel exemple à son entourage?

— En vérité, Monsieur, vous avez une singulière façon de respecter la liberté de conscience.

— Écoutez, Eva, dit l'officier dont la voix tremblait, vous avez embrassé le catholicisme à l'instant de notre mariage. Cette conversion était plus superficielle que sincère. Néanmoins, pendant cinq ou six ans, vous avez sauvegardé les apparences en remplissant les obligations essentielles du culte catholique. Mais depuis deux ou trois ans vous changez d'attitude, vous transformez vos relations, vous affichez les théories les plus ridicules en matière religieuse.....

— Décidément, c'est un réquisitoire en règle, interrompit Mme de Kervannec.

— Je le regrette, Madame, mais comme chef de famille j'ai le droit et le devoir de vous rappeler au respect de vous-même. Je dois surtout songer à l'avenir de notre enfant. Lucy est à l'âge où l'on commence à raisonner. Les principes religieux qu'on lui a inculqués, comment les respectera-t-elle si elle voit sa mère les mépriser? C'est donc au nom de notre fille que je vous supplie de revenir aux habitudes des premières années de notre mariage.

— Vous m'avez demandé d'être franche, Olivier, je vous répondrai en toute sincérité. J'ai cru pouvoir, avec le temps, m'attacher au culte catholique. Je me suis trompée, et vous pouvez considérer mon abjuration comme nulle et non avenue. A mon avis, l'enfant devrait être élevé dans une neutralité absolue jusqu'à l'âge de raison. Il choisirait alors son culte en connaissance de cause.....

— Ah! non, par exemple, s'écria Olivier avec force. Je n'admettrai jamais que l'enfant soit élevé comme un animal. Ma fille sera chrétienne.

— Vous reconnaîtrez, je pense, que je ne vous ai fait aucune opposition à ce sujet, interrompit Eva. Je tolère ici la présence de cette gouvernante bretonne choisie par vous-même. Elle entoure Lucy des soins les plus dévoués, mais elle lui inspire un attachement exagéré pour la religion catholique.

— Catherine ne dépasse aucunement mes prescriptions.

— Fort bien, mais vous me permettrez de conserver ma liberté personnelle.

— Enfin, Madame, **vous soutenez** des paradoxes ridicules, s'écria

Olivier. Si je prenais votre langage à la lettre, je serais forcé de mettre ma fille en pension dès demain.

— Oh! quant à cela, mon cher, vous êtes parfaitement libre, repartit Eva. Je ne pose pas pour la mère des Gracques, moi. J'aime le monde, les fêtes, les voyages. D'ailleurs, la vie de pension ne tardera pas à s'imposer pour notre Elle. Mais je serai encore de bonne composition pour le choix de l'institution et des institutrices, et je vous laisserai toute latitude à cet égard. Voyons, ne suis-je pas sage et raisonnable?

Elle riait en montrant ses dents blanches. M. de Kervannec poussa un profond soupir.

— Oh! Eva, dit-il, qu'est devenue cette union des âmes?

— De grâce, mon cher, pas de sentimentalisme. Nous n'avons pas le temps d'abord. Williams Sanderley vient nous prendre à une heure pour aller au Trocadéro.

— Que m'importe! dit le capitaine avec impatience. Qu'irais-je faire à cette réunion?

— Pardon, mon cher. Il est absolument nécessaire qu'on vous y voie. Vous avez une terrible disposition à vous encléricaliser, et si je n'y mettais ordre vous vous compromettriez horriblement. Par bonheur, je suis très pratique.

— Ah! oui, dit amèrement Olivier. Vous voulez me forcer à cacher mes croyances.....

— Allons, vous recommencez le débat..... Je vous le répète, nous n'avons pas le temps. Laissez-moi m'habiller en paix. Nous déjeunerons à 11 h. 1/2. Au revoir.

Ainsi congédié, le capitaine de Kervannec sortit de la chambre de sa femme. Dans le vestibule, il retrouva Catherine lisant attentivement une lettre.

La servante se retourna.

— C'est ma sœur qui m'écrit, dit-elle.

— Ah! fort bien. Elle est en bonne santé?

— Oui, Monsieur. Mais il y a du nouveau à Ploërmel. M. Yves va être député.

— Mon frère se lance dans la politique? Ce n'est pas possible? s'écria Olivier.

— Mais si, mais si, Monsieur. On votera pour lui dans trois semaines. Pour sûr, il sera nommé, il est si aimé au pays.

— Pauvre Yves! c'est un lourd fardeau qu'on lui impose là.

— Moi, je suis bien contente, reprit Catherine. M. Yves et ces dames viendront à Paris, et je pourrai les voir souvent. C'est triste, Monsieur, de ne rencontrer que des figures étrangères.....

Olivier fronça les sourcils.

— Oh! ce n'est pas pour vous que je dis ça, Monsieur, se hâta d'ajouter la servante.

Jugeant inutile de prolonger l'entretien, le capitaine de Kervannec descendit, prit une voiture qui le déposa sur la place de la Concorde. Puis il s'engagea sous les arcades de la rue de Rivoli déjà remplies de promeneurs.

Eva avait gagné son procès. En rentrant à Paris, au retour de son voyage de noces, Olivier avait dû céder au désir de la jeune femme en sollicitant un poste dans les bureaux du ministère.

Eva de Kervannec avait-elle du moins su gré à son mari de sa condescendance? Hélas! les mois et les années, en s'accumulant, semblaient augmenter les germes de désunion entre les deux époux.

Néanmoins, Eva paraissait parfaitement heureuse. Elle menait la vie à la fois si vide et si occupée des femmes à la mode, volant de plaisirs en plaisirs. Mais Olivier, au bout d'un certain laps de temps, manifesta à la jeune Américaine son désir de revenir à une existence plus tranquille, plus familiale : peine perdue. Les différences de races et d'éducations qui séparaient les deux époux s'effaçaient dans les relations extérieures. Elles éclataient à tout propos dans la vie intime.

La naissance prochaine d'un enfant fit espérer un instant à Olivier que les nuages allaient se dissiper. L'amour maternel opérerait la transformation que l'affection conjugale avait été impuissante à produire.

Vaine illusion! Mme de Kervannec s'irrita, au contraire, de la retraite forcée qui lui fut imposée durant quelques mois. Elle alla presque jusqu'à rendre l'innocente Lucy responsable de ses fatigues physiques et de son ennui morbide. Bientôt elle secoua le joug, abandonna le pauvre petit être aux soins mercenaires et se replongea à corps perdu dans les plaisirs et la dissipation.

Cette fois, Olivier ne voulut plus la suivre. Il se livrait consciencieusement à ses travaux du ministère et ne trouvait plus le temps de voltiger de salon en salon.

Eva prit promptement son parti de ce qu'elle appelait la sauvagerie de son mari. On continua à voir Mme de Kervannec dans toutes les réunions, soit seule, soit escortée de son cousin, le riche négociant Williams Sanderley.

Ce personnage, très coté maintenant sur la place de Paris, avait réussi à exercer son ascendant sur M. de Kervannec, et il était devenu l'intime ami d'Olivier et le commensal habituel de l'hôtel de l'avenue de l'Alma.

Et, pourtant, les sentiments religieux d'Eva suivaient une marche décroissante à mesure que grandissait son intimité avec Sanderley. Insensiblement aussi, le cercle des relations de Mme de Kervannec se modifiait. Autrefois, elle était reçue à bras ouverts dans les familles des compagnons d'armes de son mari. Maintenant, les dames appartenant à ce que l'on pourrait appeler l'aristocratie de l'armée avaient considérablement éloigné, sinon tout à fait suspendu leurs visites ou invitations. Mais Eva les remplaçait aussitôt par de nouvelles connaissances.

Maintes fois, Olivier exprima à sa femme son mécontentement de la voir si peu circonspecte dans le choix de ses liaisons. Ses observations furent fort mal accueillies. Jamais cependant Eva n'avait poussé la résistance ouverte jusqu'au degré de la scène du matin.

Pauvre Olivier! Quel vide se faisait dans son existence! Oh! comme il aurait voulu chercher auprès de sa bonne mère, de son frère si loyal et si généreux, de ses deux charmantes sœurs, Marie et Madeleine, une parole de sympathie et d'encouragement!.....

L'officier se remémorait tout cela, en arpentant la longue galerie des arcades de la rue de Rivoli. Il était arrivé à la hauteur du Louvre, quand, soudain, des cris de terreur le tirèrent de sa rêverie.

— Arrêtez! arrêtez! s'exclamèrent cent voix parmi les promeneurs qui se réfugiaient en hâte sur les trottoirs.

Ce tumulte était occasionné par un fiacre dont le cheval s'était emballé. Par un hasard providentiel, tous les véhicules sillonnant la grande artère parisienne avaient réussi à éviter le choc. Mais, à l'angle de la rue des Halles, le cheval emporté rasa le trottoir de trop près. La voiture heurta le candélabre et le cocher fut précipité du haut de son siège sur la chaussée. L'animal furieux reprit sa course. Mais, soudain, Olivier, s'élançant, le saisit aux naseaux et lui imprima un brusque mouvement de recul. Le cheval se cabrant allait se débarrasser de l'étreinte, lorsque l'officier, sans lâcher l'animal, se cramponna de la main gauche au brancard de la voiture et réussit à reprendre son équilibre. Du reste, un gardien de la paix, accourant à son aide, prenait de son côté la bride du cheval qui s'arrêta enfin.

Olivier se hâta d'ouvrir la portière du fiacre. Deux femmes s'y trouvaient blotties. La plus âgée, une dame en noir, prit la main de l'officier pour mettre pied à terre en disant en même temps à sa compagne :

— Ma chère fille, courage ; nous sommes sauvées!

— Ciel! ma mère! Marie! vous ici! s'écriait en même temps Olivier.

— Toi!..... c'est toi, mon enfant!..... Oh! Dieu est bon! murmura Mme de Kervannec en embrassant le capitaine.

— Marie, chère sœur..... descendez. Il n'y a plus aucun danger, reprit celui-ci en s'adressant à la seconde voyageuse.

— Nous vous devons la vie, dit Marie toute tremblante et pâle. Pardon de ne pas mieux vous remercier..... mais j'ai eu si peur!

— Il faudrait rentrer au plus vite, reprit Mme de Kervannec mère avec inquiétude.

— Nous allons faire avancer une voiture qui vous ramènera à votre domicile, Madame, répondit le gardien de la paix.

Olivier monta bientôt, avec sa mère et sa belle-sœur, dans un fiacre devant les reconduire rue de Bourgogne.

— La Providence a permis cette surprenante rencontre, dit le capitaine avec une profonde émotion. Je l'en remercie, mais je frémis en songeant au danger que vous venez de courir.

— Oh! mon fils, mon Olivier, il y a longtemps que j'eusse voulu te revoir, murmura Mme de Kervannec non moins émue. J'attendais de toi un mot d'excuse..... Ce mot ne venait pas..... Dieu s'est chargé de nous mettre en face l'un de l'autre.....

— Ma bonne mère, je ne vous ai jamais oubliée..... Toujours je m'informais de vous....; de mon frère..... de..... Mais personne ne vous voyait plus à Paris, que pouvais-je faire?

— C'est vrai. Nous y revenons pour la première fois depuis dix ans.

— Yves est-il avec vous? Oh! comme je serais heureux de l'embrasser!

— En ce moment, mon ami, il déjeune chez un des sénateurs du Morbihan. Nous avons profité de son absence pour aller à la grand'messe à Saint-Eustache. Nous en sortions, quand ce malheureux cheval s'est emporté.

Marie cependant se plaignait de vives souffrances. Cet accident se produisait mal à propos, et quand on arriva rue de Bourgogne, elle s'affaissa plutôt qu'elle ne s'assit sur un fauteuil.

— Il faut vous mettre au lit immédiatement, ma chère petite, lui dit Mme de Kervannec.

— Oh! oui ; j'ai grand besoin de repos, balbutia la jeune femme.

— Si je savais où trouver Yves, je courrais le prévenir, fit Olivier alarmé.

— Non ; c'est inutile de l'inquiéter, reprit Marie. Il m'a promis de rentrer à 3 heures au plus tard.

Mme de Kervannec avait appelé la domestique, et l'on transporta Mme Yves dans sa chambre située au premier étage. Puis Olivier redescendit au salon où sa mère le rejoignait au bout de quelques minutes.

— Voudrais-tu nous rendre le service de prévenir un médecin. Cet accident va bouleverser tous nos projets. Nous devions rentrer aux Bruyères mercredi prochain et Marie ne sera pas en état de voyager ce jour-là.

— Les enfants sont restés en Bretagne? dit Olivier.

— Oui, avec leur tante Madeleine.

— Mlle Guihéneuf est toujours avec vous?

— Elle ne nous a jamais quittés depuis la mort de son père.

— Comment ne s'est-elle pas mariée?

— Oh! les prétendants ne lui ont pas manqué. Elle a refusé tous les partis. « Une Bretonne ne donne pas son cœur deux fois », a-t-elle répondu à toutes nos instances.

— Pauvre Madeleine! murmura Olivier.

Puis, secouant la tête comme pour chasser une pensée importune :

— Yves a trois enfants, je crois? demanda-t-il.

— Oui ; Yvonne a neuf ans, son frère Jacques sept, et le petit Guy quatre. Puis nous attendons un autre ange vers le mois de septembre.....

— Oh! alors, je comprends..... interrompit Olivier en se levant vivement. A quel médecin dois-je m'adresser, mère?

— Mais je ne sais trop..... Le D<sup>r</sup> Desbarres, du boulevard Saint-Germain, exerce-t-il toujours?

— Je vais m'en assurer. En tout cas, avant une heure un médecin sera ici.

— Merci, mon ami, je compte sur ta diligence.

Olivier embrassa longuement sa mère et sortit.

Le D<sup>r</sup> Desbarres était absent. Deux autres démarches auprès de praticiens du quartier demeurèrent aussi infructueuses.

Enfin, Olivier réussit à trouver rue Saint-Dominique un médecin disposé à se rendre immédiatement rue de Bourgogne.

Trois heures sonnaient à l'horloge des Invalides à l'instant où Olivier traversait l'Esplanade.

— Si Eva n'attend pour aller au Trocadéro, se dit l'officier, nous courons grand risque d'arriver après la clôture de la séance.

Il hâta néanmoins le pas et rentra bientôt chez lui. Seul, un valet de chambre répondit à son coup de sonnette.

— Madame est sortie avec M. Sanderley, lui dit le domestique. Elle prie Monsieur d'aller la rejoindre au Trocadéro. Mlle Lucy vient de partir aux Champs-Elysées avec Catherine. Angèle a profité de son jour de sortie pour rendre visite à des parents.

— Servez-moi d'abord à manger, car je n'ai même pas eu le temps de déjeuner, dit le capitaine.

Des reliefs de volaille froide fournirent à Olivier les éléments d'un repas sommaire. Puis il prit le parti d'attendre le retour d'Eva en lisant le journal.

Il était près de 5 heures. La porte s'ouvrit et le laquais annonça :

— M. Yves de Kervannec.

Olivier se leva vivement et courut au-devant du visiteur.

— Toi! toi! c'est toi! murmurait-il d'une voix étouffée.

Les deux frères échangèrent une longue étreinte. L'émotion d'Yves égalait au moins celle de l'officier. Son teint était un peu bruni, mais, tout en prenant du développement, sa taille demeurait svelte et élancée.

— Je n'ai pas voulu tarder davantage à venir te remercier, dit-il à son frère. Au fond, si ce n'était la terrible émotion éprouvée par notre bonne mère et ma femme, je serais tenté de bénir la circonstance fortuite qui produit entre nous ce rapprochement.

— Pourvu que ta chère femme ne se ressente pas des suites de cet accident, répondit Olivier.

— Le médecin nous a rassurés. Elle a un simple ébranlement nerveux.

— Ah! Dieu soit loué! dit le capitaine.

— J'ai tenu à t'apporter immédiatement cette bonne nouvelle. Ah! vois-tu, Olivier, quand je songe à la catastrophe qui, sans toi, allait se produire.

Un bruit de pas et de voix se fit entendre dans le vestibule. C'étaient Catherine et Lucy rentrant de la promenade. Olivier les appela et présenta sa fille à Yves. La gouvernante était ravie.

— Que vous disais-je ce matin, Monsieur? dit-elle au capitaine.

— La Providence a activé les choses, reprit l'officier en souriant. Mais lorsque M. le député sera devenu Parisien, nous pourrons, en effet, avoir des relations suivies.

— Ah! tu sais cela? dit Yves étonné. Comment es-tu si bien renseigné?

— Catherine a reçu une lettre de sa sœur, et dès aujourd'hui je t'adresse tous mes compliments.

— Oh! ne va pas si vite. D'abord, avec les caprices du suffrage universel, le succès de ma candidature n'est rien moins que certain.

De nouveau, on entendit une conversation animée dans le vestibule. La porte s'ouvrit. Eva de Kervannec entra, suivie de M. Williams Sanderley. La maîtresse du logis promena un regard étonné autour d'elle. Olivier ne lui laissa pas le temps d'exprimer sa surprise, et, allant à sa rencontre :

— Ma chère Eva, dit-il, j'ai le grand plaisir de vous présenter mon frère Yves, dont je vous ai si souvent parlé. Yves, voilà ma femme.

Le beau-frère et la belle-sœur échangèrent un cordial *shake-hand*, tout en s'examinant mutuellement avec une certaine curiosité.

— Nous avons été longtemps avant de faire connaissance, Monsieur, dit Eva avec son aisance habituelle. Qu'importe? Un proverbe français dit : « Mieux vaut tard que jamais. »

— Permets-moi aussi de te présenter notre parent et ami, M. Williams Sanderley, continua le capitaine. Williams, mon frère, M. Yves de Kervannec, propriétaire à Ploërmel.

Les deux hommes se saluèrent silencieusement. Sur un signe de sa mère, Lucy s'éclipsa. Eva reprit la parole et, s'adressant à son mari :

— J'étais fort contrariée de vous voir manquer la séance du Trocadéro. Je m'explique maintenant le motif de votre abstention.

— Madame, reprit Yves, Olivier s'est conduit ce matin en véritable héros.

— Ah! bah! contez-nous donc cela.

— Yves, n'exagère pas, je t'en prie, le mérite d'un acte très simple, dit le capitaine.

— Oh! mon cher, dût ta modestie en souffrir, je révélerai toute la vérité.

Et Yves raconta en détail l'accident de la rue de Rivoli. Eva et Williams accablèrent Olivier d'éloges hyperboliques. Celui-ci y coupa court en disant gaiement :

— Mes amis, lorsque j'ai arrêté ce cheval, j'étais loin de me douter quelles étaient les personnes se trouvant dans le fiacre. En somme, si vous voulez demander une médaille de sauvetage, faites-le, mais, de grâce, ne me parlez plus de cet épisode.

— Vous êtes sans doute à Paris pour quelque temps, reprit Eva en s'adressant à Yves. Nous aurons le plaisir de voir ces dames.

— Certainement, Madame. Pourtant, je dois vous prévenir que le médecin a prescrit à Mme de Kervannec deux ou trois jours de repos et que nous repartons mercredi prochain pour Ploërmel.

— Comment! Si vite? Pourquoi? Paris est ravissant dans cette saison printanière.

— Je n'en disconviens pas, Madame ; mais d'impérieux devoirs me rappellent chez moi.

— Ah! c'est vrai, dit Olivier en riant. Te voilà forcé de soigner ta candidature.

— Oui.

— Vous vous présentez à la députation, Monsieur? demanda Williams. Dans quelle circonscription?

— A Ploërmel, Monsieur.

— Ah! très bien. Je vous adresse mes sincères compliments. Il est bon que des hommes de progrès lèvent le drapeau de la liberté et de la civilisation, surtout dans cette Bretagne où règnent en maîtres l'obscurantisme et la réaction.

Olivier eut un mouvement de contrariété. Yves, très calme, reprit en s'adressant à Williams :

— Monsieur, en Bretagne, croyez-le, on aime, autant et plus qu'ailleurs, la civilisation, la lumière et la vraie liberté. Si je suis nommé, j'espère bien être un ardent défenseur de toutes ces causes. Quant à la réaction, si vous entendez par ce mot la révolte contre les abus de pouvoir, la tyrannie, les concussions, les attentats contre la justice et la religion, oh! alors, je le dis hautement : je suis réactionnaire et je m'en fais gloire et honneur.

— Cette franchise, en tout cas, prouve en votre faveur, repartit Williams avec un rire forcé. Reste à savoir si le verdict populaire vous en tiendra compte.

— Dans mon pays, Monsieur, reprit Yves un peu sèchement, à quelque parti que l'on appartienne, on n'a pas l'habitude de mettre son drapeau dans sa poche.

— Bonne chance, alors! dit Eva en riant. D'ailleurs, votre succès sera un honneur qui rejaillira sur nous tous. Mais parlons d'autre chose. Voulez-vous, cher Monsieur, partager sans façon notre dîner de famille et passer le reste de la soirée avec nous?

— Mille remerciements, Madame, répondit Yves en se levant. Je me suis oublié ici, grâce à votre aimable accueil, et l'on doit m'attendre avec impatience rue de Bourgogne. Permettez-moi donc de me retirer sans plus tarder.

— Je vais te mettre en tramway, continua Olivier.

Williams Sanderley et Yves de Kervannec échangèrent un salut correct, mais froid, et les deux frères sortirent. A peine la porte se refermait-elle derrière eux que Williams se retourna vers Eva, et, d'un ton rogue :

— Vous faites réellement beaucoup d'avance à ce rustre mal dégrossi, dit-il.

— Dame, mon cher, un futur député est toujours utile à cultiver, repartit Mme de Kervannec.

— Allons donc! D'abord, il ne réussira pas. Nous y mettrons bon ordre.

— Oh! cela m'est indifférent. Je ne tiens pas le moins du monde à un rapprochement trop intime entre Olivier et ses parents. Mais chut!.....

Le capitaine rentrait ; Eva alla vers lui, souriante :

— Venez dîner, mon cher, dit-elle. Après cette longue journée de séparation, il est bon d'avoir quelques instants d'intimité.

Olivier était trop heureux pour s'étonner outre mesure de cette subite expansion. Il serra avec effusion la petite main d'Eva, et les deux époux passèrent dans la salle à manger, suivis de leur inséparable ami, Williams Sanderley.

## IX

Dix à quinze hommes, marchant par petits groupes de deux ou trois, sortirent à de courts intervalles de l'auberge de l'Écu d'or, et, prenant des directions différentes, se retrouvèrent néanmoins tous échelonnés à de faibles distances, sur la grand'route départementale de Vannes à Ploërmel.

Ils allaient lentement, interrogeant l'horizon avec une certaine anxiété. Peu à peu, ils s'étaient rapprochés les uns des autres et formaient maintenant un groupe compact. Ils s'arrêtèrent.

— Ils nous font poser, les patrons, dit l'un d'eux se faisant l'interprète du sentiment général.

— Es-tu sûr que nous sommes bien à l'endroit convenu, Guguste?

— Tiens! cette bêtise. V'là la borne 276 ; v'là la croix que le patron a creusée lui-même, mardi, avec son couteau, sur ce vieux chêne. Pas moyen de se tromper, tu vois, mon vieux Zidor.

— Ah! v'là un cabriolet là-bas. C'est-il les singes qui s'amènent?

Zidor se fit un abat-jour avec sa main, et, après un instant d'examen :

— Juste, dit-il. Je reconnais le Parisien. Il est avec le grand sec en lévite noir.

— Ah! oui ; en v'là un qui est rasant! S'il recommence son prêche, vrai, je me cavale.

— Que t'es bête! Pour avoir ses jaunets, on peut bien faire semblant d'écouter ses boniments.....

— Assez causé, interrompit Guguste avec autorité. Le carrosse approche. Leste et preste! filons sous la ramée!

Toute la bande s'engagea dans le petit chemin creux. La voiture arrivait et s'arrêtait bientôt à son tour. Deux hommes en descendirent.

Le plus âgé pouvait avoir cinquante-cinq à soixante ans. Il était vêtu d'une longue redingote noire boutonnée du haut en bas. Un chapeau à haute forme recouvrait sa tête chauve. Son visage était complètement rasé. Des lunettes d'or et une cravate blanche achevaient de lui donner un véritable air de *respectability*. C'était, du reste, un personnage de haute importance : M. Henry Arnell, chef de la mission anglicane établie en 1895, à Ethel (Morbihan), dans le but de ramener au vrai culte du Christ les habitants de cette partie de la côte bretonne.

Le compagnon de ce clergyman était de haute taille, enveloppé des pieds à la tête dans un large cache-poussière couleur mastic. Une casquette de voyage lui descendait jusqu'aux oreilles. D'épaisses lunettes bleues et une barbe noire touffue lui couvraient le visage. Impossible de distinguer ses traits ni même d'indiquer approximativement son âge.

Il prit le cheval par la bride, le fit tourner avec précaution et l'attacha au premier arbre du chemin, de façon à ce que, de la route, on ne pût apercevoir la voiture. Puis il s'engagea, avec le pasteur, dans l'étroit sentier devenant, d'ailleurs, au bout de quelques pas, une véritable cachette.

— Je vous fais mon compliment. Vous avez admirablement choisi le lieu de la conférence, dit alors l'homme aux lunettes bleues.

— Oh! je connais le pays, répondit M. Armell d'un air suffisant. A cette heure, du reste, personne ne viendra nous déranger. Attention, voici nos gens!

En effet, à dix mètres plus loin, le chemin s'élargissait de façon à former une petite clairière où MM. Guguste, Zidor et Cⁱᵉ s'étaient arrêtés. Hâtant le pas, M. Armell et son compagnon les rejoignirent.

— Vous êtes exacts, c'est bien, dit avec satisfaction l'homme aux lunettes bleues après avoir compté les assistants d'un rapide coup d'œil. Nous allons vous donner nos dernières instructions pour demain. Ecoutez attentivement.

— Mes chers amis, reprit avec onction le pasteur anglican, demain doit être un grand jour, un jour de délivrance. Nous vous avons appelés pour nous aider à sauver, à régénérer la Bretagne, à y faire luire les lumières de la vérité et du progrès, à l'arracher définitivement des griffes du papisme et de l'idolâtrie romaine.....

— Ah! zut, alors, dit assez irrévérencieusement Zidor à l'oreille de son ami Guguste. Il va recommencer son antienne de l'autre jour. Ce qu'il est rasant, le vieux!

L'homme aux lunettes bleues avait-il entendu cette réflexion? Toujours est-il que, coupant la parole à M. Armell, il dit d'un ton autoritaire :

— Il est temps d'agir, et non de discourir. Il faut seconder les efforts des trop rares partisans du candidat radical-socialiste, le citoyen Gourdon, surnommé à si juste titre le père des ouvriers. Il faut faire rentrer dans sa tanière le champion du cléricalisme, l'aristocrate Yves de Kervannec.....

— Oui, oui, c'est ça, dit Guguste en applaudissant à tout rompre. « Vive Gourdon! A bas Kervannec! »

— Chut! Chut! ménagez vos poumons pour demain soir. C'est pendant le dépouillement du scrutin que vous pousserez ces cris.

— On pourra dire aussi : « A bas la calotte? » demanda Zidor.

— Certainement, s'écria M. Armell.

— Mais c'est pas tout, reprit Guguste. Si les gendarmes, si la rousse nous embêtent, que faudra-t-il faire?

— La police ne dira rien, répondit l'homme aux lunettes bleues. Par exemple, les gars de Ploërmel voudront sans doute vous imposer silence, mais vous saurez les mettre à la raison.

— Parbleu! dit Guguste avec aplomb. Ces sales paysans ne nous feront pas la loi. Nous en avons vu d'autres à Belleville.

— Maintenant, si Kervannec a plus de voix que Gourdon, vous ferez un chambard du diable. Vous vous précipiterez dans la salle, vous renverserez la table et vous emporterez l'urne et les bulletins..... Du reste, je serai là et je vous donnerai le signal.

— Ah! sapristi, dit Zidor, c'est de la besogne supplémentaire, ça, patron. C'était pas dans nos conventions.....

— Et puis, faudrait des armes, reprit Guguste.

— J'en ai, répliqua l'homme aux lunettes bleues. En outre, nous apporterons un supplément de fonds : chacun de vous va recevoir vingt francs pour boire demain à la santé du père Gourdon.

— Ah! ça, c'est chic. Vive le patron! crièrent avec enthousiasme les gens composant l'auditoire.

L'homme à la longue barbe enleva une sacoche qu'il portait en bandoulière sous son cache-poussière, la déposa sur le sol et l'ouvrit. Il en tira une vingtaine de coups de poings américains et autant de revolvers, dont il commença la distribution. De son côté, le révérend Armell mit la main dans une poche profonde de sa lévite et, y prenant plusieurs louis d'or :

— Que chacun s'approche à son tour, dit-il.

Les auditeurs se préparèrent à défiler devant les deux hommes pour recevoir les armes et la monnaie. Guguste passa le premier et, examinant d'un air connaisseur le pistolet et le coup de poing que l'homme aux lunettes bleues venait de lui remettre :

— Jolis joujoux, dit-il. Mais, j'y pense, patron, puisqu'il y aura du grabuge, est-ce qu'on ne pourrait pas gagner quelques sous de plus en abattant les têtes des chefs de la bande cléricale?

— Oh! mon ami, prenez garde, s'écria M. Armell d'un air scandalisé : le Christ défend de répandre le sang.

L'homme à la longue barbe ne parut pas partager cet honorable scrupule.

— Vous me posez là une question à laquelle nous n'avions pas songé, dit-il à Guguste. En pareil cas, il faut agir avec beaucoup de prudence et éviter de se compromettre. Toutefois, si dans la bagarre une balle égarée allait frapper le cafard de Kervannec..... dame, on ne peut répondre d'un accident.....

— Brigands! Canailles! Assassins! cria soudain une voix retentissante.

Et un paysan, grand, fort, bien découplé, surgit de la haie surplombant la clairière et sauta d'un bond sur les épaules du distributeur de revolvers, agenouillé auprès de sa sacoche.

L'effet produit par cette apparition inattendue fut prodigieux. Se croyant sans doute surpris par un corps d'armée, les partisans du candidat Gourdon s'enfuirent en désordre. Les plus agiles escaladèrent les talus. Le gros de la bande suivit le pasteur Armell qui, laissant tomber un sac de monnaie, détalait lui-même avec une étonnante rapidité.

— Au secours! A l'assassin! Nous sommes trahis! criait-il d'une voix stridente.

Seul, l'homme aux lunettes bleues, écrasé par le poids du corps qui s'abattait sur lui, n'avait pu prendre la fuite. Il parvint néanmoins à se relever et une courte lutte s'engagea entre les deux hommes. Le jeune paysan breton avait évidemment l'avantage sur son adversaire. Le saisissant à la gorge, il cherchait à le terrasser quand, par un effort suprême, celui-ci se dégagea de l'étreinte en laissant dans la main de son agresseur sa longue barbe. Dans la lutte, les lunettes étaient aussi tombées à terre, et le paysan, après un moment d'hésitation, dévisageant le personnage, s'écria tout à coup :

— Oh! mais je te reconnais, canaille! Comment, sale Juif, c'est toi qui viens de Paris pour assassiner notre maître?..... Ah! brigand!.....

Mais sans écouter ces objurgations, le Parisien s'enfuyait à tire d'ailes. En quelques enjambées, il gagna l'extrémité du chemin creux: Déjà M. Armell et Zidor avaient détaché et ramené le tilbury sur la route. Ils y étaient installés et saisissaient les guides quand, d'un seul élan, le fugitif, tête nue, les cheveux au vent, la figure convulsée, sauta à son tour dans la voiture.

— En route, dit-il d'une voix haletante.

Zidor donna au cheval un vigoureux coup de fouet et l'équipage partit au triple galop dans la direction de Vannes, à l'instant où le paysan accourait.

— Ah! bandit, tu m'échappes! cria-t-il en montrant le poing. Mais tu ne perdras rien pour attendre. Foi de Pierre Lebahers, nous nous retrouverons.....

Il rentra dans le chemin creux, mais des vingt hommes qui y étaient rassemblés dix minutes auparavant il ne restait plus trace. Seuls, la sacoche, le sac d'argent, le cache-poussière, la casquette, les lunettes bleues et la fausse barbe épars sur le sol attestaient la scène qui venait de s'y dérouler.

— Sont-ils assez lâches? dit tout haut le paysan en ramassant ces objets, ils étaient au moins vingt-cinq et ils ont eu peur d'un homme seul.....

La nuit baissait rapidement et Pierre Lebahers, chargé de ces dépouilles, reprit à grands pas le chemin de Ploërmel. Avant d'arriver à la ville, il tourna à droite et atteignit presque aussitôt la propriété des Bruyères, habitée par la famille de Kervannec.

À l'instant où le paysan posait la main sur la sonnette, la grille s'ouvrit. Le maître du logis reconduisait lui-même deux visiteurs.

— Ah! c'est toi, Pierre, dit-il au nouvel arrivant. Va m'attendre dans mon cabinet, je reviens à la minute.

Le paysan traversa la cour sans hésiter, entra dans le vestibule et pénétra dans une pièce du rez-de-chaussée où une lampe éclairait une grande table. Il déposa sur un coin de cette table les objets dont il était porteur. Au même instant, Yves de Kervannec rentrait dans le cabinet.

— Qu'est-ce que tout cela? dit-il avec étonnement. Que se passe-t-il donc?

— Des choses très graves, Monsieur Yves. Et, d'abord, prenez vos précautions pour demain..... On veut vous assassiner.....

— Oh! oh! c'est grave, en effet, reprit Yves avec un sourire incrédule. Seulement, parle plus bas, car si ces dames t'entendaient tu serais capable de leur faire peur.

— Mon bon maître, vous riez, mais rien n'est plus sérieux, je vous assure.

— Enfin, explique-toi.

— Je suis parti d'ici, il y a deux heures, pour aller porter une lettre chez M. Leguéhuic. Je rentrais chez moi par la Grande-Marnière quand, en longeant la haie, j'ai entendu des voix dans le petit chemin. On criait : Vive Gourdon! A bas Kervannec!..... Ça m'a paru louche ; je me suis avancé avec précaution et, par une ouverture de la haie, j'ai vu une vingtaine d'hommes au milieu desquels jacassait un grand type couvert du manteau que voilà.

Et Pierre Lebahers raconta l'aventure dans laquelle il avait joué un rôle si important. Yves était stupéfait.

— C'est incroyable, dit-il. Je savais qu'une bande d'étrangers parcourait le pays depuis quelques jours pour combattre mon élection. Je sais aussi que mon concurrent Gourdon est un franc-maçon militant. Mais cette organisation, cet acharnement, cette haine sauvage dépassent toute imagination. Si seulement on connaissait ces individus.....

— J'en connais un, Monsieur Yves.

— Toi, Pierre?

— Oui, c'est un Américain que j'ai vu très souvent chez mon lieutenant, à Paris.

— Chez mon frère?..... Allons donc, tu rêves! s'écria Yves stupéfait.

— Non, Monsieur. Je suis sûr de ce que je dis. Quand cet oiseau de malheur a perdu ses lunettes et sa fausse barbe, je l'ai parfaitement reconnu. Ce vilain paroissien-là était revenu d'Amérique avec Monsieur et Madame.

— Enfin, comment s'appelait-il?

— Ah! dame, j'ai oublié son nom, ou plutôt je ne l'ai jamais bien su. C'était, je crois, Saulé..... ou Cendré.....

— Sanderley, dit Yves.

— Juste! Vous y êtes. Vous le connaissez?

— J'ai vu, il y a trois semaines, chez mon frère, un M. Sanderley..... Nous n'avons pas sympathisé ensemble..... Mais je ne puis le croire capable.....

— Monsieur, je vous le répète, c'est bien lui, affirma Pierre. Il distribuait les pistolets et un autre vieux sec donnait les pièces de vingt francs. Celui-là ressemblait à un pasteur protestant.

Yves de Kervannec réfléchissait. Soudain, relevant la tête :

— Tu vas venir avec moi à la gendarmerie faire ta déclaration, dit-il. Seulement, je te défends de prononcer le nom de Sanderley.

— Cependant, Monsieur, puisque je suis certain.....

— Tu ne peux affirmer l'identité d'une personne que tu n'as pas vue depuis cinq ou six ans. Enfin et surtout, je ne veux pas compromettre et contrarier Olivier en incriminant un de ses amis.

Ce dernier argument parut convaincre Pierre Lebahers.

— Vous avez raison, Monsieur, dit-il. Je n'avais pas songé à cela. Je ne dirai pas que je connais ce bandit. Mais en sortant de la gendarmerie je ferai bien, je crois, d'aller m'entendre avec les camarades. Nous ne pouvons venir voter demain sans être munis de nos pen-baz.

M. de Kervannec poussa un profond soupir.

— Et voilà comment se pratique le suffrage universel, dit-il. Pourtant la précaution est nécessaire. Tu préviendras nos amis du complot ourdi contre la liberté.

— Comptez sur moi, Monsieur ; un bon averti en vaut deux, répondit Pierre, et demain les brigands n'auront qu'à se bien tenir.

X

Depuis plusieurs années, les plus dangereuses utopies commençaient à pénétrer dans ce coin de la vieille Bretagne. A chaque élection, l'on pouvait constater une évolution plus accentuée vers les idées nouvelles. On se demandait par qui remplacer le député de Ploërmel, mort récemment. Alors, le citoyen Gourdon, tanneur de son métier, libre penseur avéré et, de plus, l'une des colonnes du temple maçonnique de Vannes, crut devoir poser sa candidature.

C'était un défi jeté aux électeurs catholiques. Ils le relevèrent et, pour rallier tous les suffrages des amis de la liberté et de la religion, ils choisirent Yves de Kervannec.

Grande était l'animation sur la place de la Mairie. Pierre Lebahers et ses camarades n'avaient pas perdu leur temps, car la plupart des cultivateurs étaient munis de leurs pen-baz, et sur tous ces visages hâlés, dans ces regards étincelants se lisait une expression d'indomptable résolution.

Dans cette foule circulaient quelques individus auxquels personne n'adressait la parole, mais qui, chose bizarre, étaient tous revêtus du classique costume breton. On eût dit des Bretons d'Opéra-Comique se préparant à jouer le *Pardon de Ploërmel*.

L'un de ces personnages était installé à une table dans la grande salle de l'auberge de l'*Ecu d'or*. Il invitait gracieusement les nouveaux arrivants à boire les bolées de cidre qu'il faisait renouveler sans cesse par la servante. Puis il déclarait sans ambage que le candidat idéal, le député indispensable au bonheur de la ville de Ploërmel était incontestablement cet excellent M. Gourdon, le père des ouvriers !.....

— Un enfant du peuple comme nous, mes amis, s'écriait-il, c'est ce qu'il nous faut. Ce n'est pas un noble enrichi des sueurs de l'ouvrier comme M. de Kervannec! Le père Gourdon, lui, nous fera avoir des chemins, des maisons d'école ; il agrandira la mairie, il supprimera les impôts !.....

— Comment pourra-t-il supprimer les impôts s'il fait faire tant de gros travaux? demanda un peu narquois un vieux paysan.

— C'est bien simple. Gourdon a le bras long. Il tutoie tous les ministres.....

— Vous connaissez donc beaucoup M. Gourdon? dit Pierre Lebahers, qui venait d'entrer dans la salle.

— Si je le connais! J'ai dîné avec lui mardi dernier.

— Vous êtes de ce pays-ci ?

— Mais oui.....

— Sans vous commander, voudriez-vous me dire votre nom ?

— Jean Guillet, de Porcaro, répondit sans hésiter le champion du père Gourdon.

Pierre ne répliqua pas. Tournant le dos au groupe, il alla nonchalamment s'appuyer au chambranle de la porte d'entrée. Presque aussitôt, avisant un passant :

— Michel Hervé, viens donc un peu par ici, cria-t-il.

L'individu interpellé revint sur ses pas.

— C'est toi, Pierre ? Que me veux-tu ?

— Tu prendras ben une bolée ?

— Oui, tout de même.

Ils rentrèrent tous deux dans l'auberge, et Pierre se dirigea vers le coin où Jean Guillet continuait de plus belle son panégyrique du père des ouvriers.

— Michel, connais-tu ce paroissien-là ? demanda-t-il.

— Non, répondit nettement le paysan.

— Tu es pourtant natif de Porcaro ?

— Je crois ben. Les Hervé y habitent de père en fils depuis plus de deux cents ans, reprit Michel en se redressant fièrement.

— Et tu ne connais pas Jean Guillet ?.....

— Jean Guillet..... Jamais il n'y a eu de famille de ce nom-là chez nous.

Le prétendu Jean Guillet baissait la tête et feignait de ne pas entendre.

Pierre fit le tour de la table et, lui mettant la main sur l'épaule :

— Espèce de failli gars, lui dit-il. Tu n'as pas dîné chez Gourdon et tu ne t'appelles pas Jean Guillet. Mais le certain, c'est que tu étais hier soir avec les fripouilles du chemin de la Marnière..... Vaurien ! Va-nu-pieds !

Et il le secouait comme un arbre dont on veut abattre les fruits mûrs. Guguste, car c'était lui, essaya de regimber.

— Que me voulez-vous ? Lâchez-moi..... Je ne vous attaque pas, balbutiait-il d'une voix entrecoupée.

Les assistants commençaient à faire entendre des cris d'indignation.

— Vas-y de bon cœur, Pierre, disaient-ils. Ah ! il est propre, l'ami du père Gourdon !

— Eh bien ! qu'y a-t-il ? On se bat par ici ? reprit une voix sonore.

Et un gendarme en grande tenue pénétra dans la salle. Pierre se retourna vers lui sans lâcher Guguste.

— Monsieur Rimbert, dit-il, vous arrivez bien pour emmener ce brigand-là au violon.

— M'emmener, moi, moi ? s'écria Guguste. Faites ça si vous l'osez, et mon ami Gourdon vous donnera de ses nouvelles. Tas de calotins ! je ne vous crains pas, allez !

L'exaspération des paysans grandissait de minute en minute. Les cris, les clameurs partaient de tous les coins de la salle.

— Enfin, que reprochez-vous à cet homme? demanda le gendarme.

Michel Hervé se chargea de répondre.

— Il a pris un faux nom. Il a dit qu'il s'appelait Guillet, de Porcaro..... Chez nous, il n'y a que de bons chrétiens et de bons Bretons, et ce particulier-là n'y a jamais mis les pieds.

— De plus, reprit Pierre, cet homme a beau se déguiser en gars du pays, je le reconnais. Hier soir, il a pris le premier les armes distribuées par le Juif parisien.....

— C'est faux! c'est faux! hurlait Guguste.

— Faut tout de même que Gourdon ne soit pas dégoûté pour avoir des amis de cette trempe-là, dit Michel.

Le gendarme prit Guguste par le bras et l'attira vers la porte de l'établissement.

— Venez avec moi, mon garçon, dit-il avec autorité.

— Alors, vous m'arrêtez! Tant pis pour vous.....

— Je vous emmène devant le chef ; vous vous expliquerez avec lui.

— Faut-il aller avec vous, Monsieur Rimbert? demandèrent en même temps Pierre Lebahers et Michel Hervé.

— Non, c'est inutile. Quand on aura besoin de vous, on vous appellera.

Il y eut un mouvement dans la foule assemblée sur la place, quand on vit passer l'agent de la force publique escortant le Breton au costume tout flambant neuf. Les commentaires étaient loin d'être favorables au concurrent de M. de Kervannec. Bientôt, celui-ci parut sur la place, et Pierre, s'approchant de lui, raconta l'incident qui venait de se produire.

— Et l'on ne vous a pas encore appelés à la gendarmerie, Michel Hervé et toi? demanda Yves.

— Non, Monsieur.

— C'est étrange. Je vais aller moi-même aux nouvelles.

M. de Kervannec se rendit, en effet, à la caserne de gendarmerie et pénétra immédiatement dans le bureau situé au rez-de-chaussée. Mais au lieu de la bonne et placide figure du lieutenant qu'il connaissait de longue date, il vit avec surprise un capitaine de gendarmerie à la figure rébarbative.

— Qui êtes-vous? Que voulez-vous? lui dit-il d'une voix brève.

— Je vous demande pardon de vous déranger, capitaine, répliqua Yves très calme. Je suis M. de Kervannec et je voulais simplement dire un mot au chef.

— Pour aujourd'hui, c'est moi qui commande, Monsieur. Les esprits sont tellement surexcités qu'on a jugé nécessaire d'envoyer du renfort.....

— C'est une excellente précaution, repartit M. de Kervannec. Depuis quelques jours, nous voyons, en effet, dans ce pays nombre de figures suspectes..... Enfin, capitaine, vous allez, sans doute, pouvoir me renseigner. Quel est au juste l'individu qu'on a arrêté ce matin à l'*Ecu d'or?*

— A l'*Ecu d'or?*..... Que voulez-vous dire? demanda le capitaine d'un air plein de candeur.

— Oui, insista Yves. Le gendarme Rimbert a arrêté ce matin, dans l'auberge de l'*Ecu d'or*, un individu étranger qui avait pris le faux nom de Jean Guillet.....

— Ah! Je vous demande pardon, interrompit le capitaine. J'avais oublié cet incident. J'y suis maintenant.

— Eh bien! Quel est le nom véritable de cet homme?

— Mais je n'en sais rien, mon cher Monsieur. Voilà plus d'une heure que ce garçon a été relâché.

— Ce n'est pas possible! s'écria Yves.

— Et pourquoi? Ce pauvre diable n'avait commis aucun délit.

— Pierre Lebahers l'a reconnu pour l'un de ceux qu'il avait surpris hier soir à la Grande-Marnière, reprit M. de Kervannec.

— Oh! entre nous, repartit le capitaine ironiquement, il vaut mieux passer sous silence cette singulière histoire de la Grande-Marnière.

— Comment!..... voulut dire Yves de plus en plus étonné.

— Je lisais précisément le procès-verbal dressé par nos gendarmes, continua l'officier imperturbable. En outre, des renseignements particuliers me signalent Lebahers comme un cerveau brûlé, un homme exalté, un fanatique!.....

— Ah! permettez, Monsieur, interrompit Yves dont la voix tremblait. Je réponds de Lebahers comme de moi-même. D'ailleurs, il n'a pas acheté pour la circonstance les armes, la sacoche, les lunettes et autres accessoires trouvés sur le terrain. Il n'a pas tiré de sa poche les trois cent vingt francs restant encore dans le sac de toile.....

— Eh! eh! ce serait une habile mise en scène, dit le capitaine d'un ton de persiflage.

— Je viens d'avoir l'honneur de vous dire que je répondais de Lebahers comme de moi-même.

— Monsieur, se hâta de répondre l'officier, je tenais seulement à vous faire remarquer que la déclaration de Lebahers repose sur des données bien vagues.

— Elles eussent pris plus de consistance si vous aviez retenu l'inculpé, reprit sévèrement M. de Kervannec.

— Je crois, au contraire, avoir agi avec prudence en remettant ce garçon en liberté.

— J'avoue que je ne comprends pas.

— Enfin, Monsieur, à quoi bon exaspérer ces gens-là? Vos amis, très surexcités eux-mêmes, eussent répondu par la violence. De là des désordres que vous seriez le premier à déplorer.

— Oui, capitaine, répliqua Yves de Kervannec. Mais je ne croirai jamais que, pour éviter des excès problématiques, il faille laisser le champ libre aux pires malfaiteurs.

— Eh! Monsieur, vous exagérez singulièrement les choses. Si M. Gourdon traitait vos partisans de la sorte, que diriez-vous? dit le capitaine.

— Mes amis, Monsieur, vous le savez, n'ont pas souvent maille à partir avec la police.

— Cela viendra peut-être, Monsieur. En tout cas, **je ne tolérerai** aucune violence de leur part.

— Nous ne provoquerons personne, capitaine, mais, je vous en préviens, si l'on nous attaque, nous saurons nous défendre.

Et, saluant froidement le gardien de l'ordre public, Yves de Kervannec sortit de la gendarmerie. En arrivant sur la place, il aperçut un petit groupe composé de Pierre Lebahers, d'un jeune vicaire de la paroisse et du notaire, M⁰ Séveno.

Les trois hommes causaient avec animation. Yves se dirigea vers eux.

— Arrivez donc, cher Monsieur, dit le vicaire. M⁰ Séveno, ici présent, me conseille de rentrer au presbytère, de peur que ma présence sur la place ne vous fasse du tort.

— C'est calomnier les habitants de Ploërmel, interrompit Pierre. Ils sont, au contraire, trop religieux pour ne pas écouter leurs prêtres.

— Mais je le sais bien, je le sais bien, repartit le notaire. Seulement, il ne faut pas fournir de prétexte à nos ennemis. On attaquera certainement l'élection de M. de Kervannec en invoquant l'ingérence cléricale.

— Si M. Gourdon est élu, par impossible, reprit le vicaire, je saurai alors sur quoi baser une protestation. Il s'est promené ce matin, pendant plus d'une heure, bras dessus bras dessous, avec le pasteur Arnell, d'Ethel. Je ne vois pas pourquoi ce ministre protestant serait plus tabou que nous autres prêtres catholiques.

— Le pasteur d'Ethel..... un grand sec, interrogea Pierre Lebahers.

— Oui, mon ami. Le connaissez-vous?

— Je l'ai vu hier soir. Du reste, l'individu que j'ai fait arrêter ce matin finira bien par avouer la vérité.

— Tu t'illusionnes étrangement, mon pauvre Pierre, dit M. de Kervannec avec amertume. Le faux Guillet court les champs depuis deux heures et la plainte d'hier va être mise au panier.

— Mais, alors, c'est le monde renversé, reprit le paysan. Les méchants tiennent le haut du pavé et les honnêtes gens sont foulés aux pieds!

— Dans quel temps vivons-nous! soupira M⁰ Séveno.

— A quoi sert de gémir de la sorte? dit le vicaire. Nous avons le droit, nous sommes le nombre, et s'il y avait seulement dans la future Chambre trois cents députés comme M. de Kervannec, nous serions vite délivrés des sectaires et des tyrans.

Les prévisions du vicaire se réalisèrent. Malgré la pression officielle, malgré les plus perfides manœuvres, les électeurs infligèrent au candidat Gourdon un formidable échec.

La soirée se termina dans le plus grand calme. L'homme aux lunettes bleues avait disparu comme une ombre et nul ne l'avait aperçu depuis la veille.

Deux ou trois cris timides de : « A bas la calotte! Vive Gourdon! » se firent entendre à la proclamation du scrutin. Ils furent couverts par des cris formidables de : « Vive la liberté! Vive Kervannec! »

Le capitaine de gendarmerie, debout derrière les scrutateurs, roulait de gros yeux furibonds.

Les résultats des communes de la circonscription une fois centralisés donnèrent les chiffres définitifs suivants :

Inscrits : 10 245. — Votants : 8 732.

M. de Kervannec. . . . . . . . .     5 694 voix ELU
M. Gourdon. . . . . . . . . .        2 833
Voix perdues. . . . . . . . . .        205
                                     ______
                                     8 732

## XI

Au numéro 24 de la rue Blanche, à Paris, sur une plaque de marbre noir posée à l'entrée du porche d'une maison de belle apparence se détachait, en grosses lettres dorées, l'inscription suivante :

### COMMISSION-EXPORTATION

*Sanderley, Juppenheimer et C^{ie}.*

Quoique de création récente — dix ans tout au plus, — la maison Sanderley, Juppenheimer et C^{ie} occupait un rang important sur la place. Elle n'était qu'une ramification d'une vaste association commerciale ayant ouvert des comptoirs dans les principales capitales de l'Europe, Londres, Vienne, Berlin et Rome. Elle comptait aussi une succursale à New-York. Ce dernier établissement, fondé depuis cinq ans seulement, était même dirigé par une ancienne connaissance, l'honorable Samuel Cahen, oncle maternel de Mme Olivier de Kervannec.

La succursale de Paris, où se tenaient le plus souvent les deux directeurs généraux, MM. Juppenheimer et Sanderley, avait la spécialité des fournitures militaires de tout genre : denrées alimentaires, chaussures, effets d'habillement et d'équipement, armes, etc. On était sûr, dans toutes les adjudications importantes de l'Etat, de voir figurer au premier rang des soumissionnaires les sieurs Sanderley, Juppenheimer et C^{ie}.

Le premier de ces messieurs était incontestablement le membre le plus actif de la Société. Il faisait de fréquents voyages à l'étranger et en province. M. Juppenheimer, plus âgé et moins ingambe, s'était réservé la direction des bureaux.

Ce jour-là, penché sur un gros registre dans son cabinet particulier, ce personnage, gros et court, le front fuyant, le nez recourbé, la tête couverte d'une calotte de velours noir, achevait un compte :

— Total : 680 475 fr. 25. Allons, nous ne pouvons que nous féliciter des résultats du mois d'avril..... Sanderley va être content. Arrivera-t-il aujourd'hui, ce cher ami? Je l'espère.

Comme si un bon génie eût voulu donner satisfaction immédiate au désir manifesté par M. Juppenheimer, la porte du cabinet s'ouvrit et M. Williams Sanderley parut sur le seuil. M. Juppenheimer poussa une joyeuse exclamation.

— Ah! vous voilà enfin, dit-il. Le temps nous paraissait long en votre absence..... Eh bien! quelles nouvelles?

— Désastreuses, répliqua Williams très sombre. Je ne me souviens pas d'avoir de ma vie aussi sottement raté une entreprise quelconque.

— Est-ce que vous n'auriez pas eu la fourniture des godillots pour Vannes? reprit Juppenheimer.

— Oh! si ; à cet égard, tout marche à souhait. Mais l'élection de Ploërmel a tourné à notre désavantage.

— M. de Kervannec est nommé? C'est fâcheux. Nous obtiendrons l'invalidation, par exemple.....

— Il a une grosse majorité.

— Enfin, mon ami, il faut se consoler de ce mécompte, dit philosophiquement M. Juppenheimer. Nous ne pouvions beaucoup espérer le succès en Bretagne.....

— Vous en parlez à votre aise, interrompit Sanderley. A la Loge, on va être furieux de cet échec. Les frères de Vannes nous appelaient à la rescousse et ils nous promettaient un coup d'épaule pour l'adjudication des godillots. J'emmenais avec moi vingt gars de Belleville pour travailler l'élection de Gourdon. On ne me refusait point les fonds nécessaires..... J'ai dépensé 18 à 20 000 francs, et tout cela pour arriver à une défaite honteuse..... Et Eva, que va-t-elle dire?

— Mme de Kervannec ne souhaitait donc pas l'élection de son beau-frère? demanda Juppenheimer surpris. Ces messieurs s'étaient pourtant réconciliés.

— Ces messieurs, oui, mais Eva ne sympathisera jamais avec ces orgueilleux Bretons.

— Comment ce mariage avait-il pu se faire? reprit Juppenheimer.

— Eva se pose maintenant la même question, répliqua Williams en haussant les épaules.

Il s'interrompit un instant, puis, avec un éclair de rage dans le regard :

— Oh! ces Kervannec, comme je les hais tous, dit-il.

— Allons, mon bon ami, du calme, reprit Juppenheimer d'un ton paterne. Entre nous, votre cousin Olivier nous rend de grands services. Il se pourrait même que l'élection de son frère, loin de nous nuire, nous fût un jour ou l'autre très utile. Ce député ignore que vous l'avez combattu, je pense?

— Probablement. Mais si je n'avais pas eu Eva pour auxiliaire, je n'aurais jamais rien obtenu d'Olivier. Quant au nouveau député, je crains fort qu'il ne prenne ombrage de mon intimité avec son frère.

— Ah! diable. Ce serait désastreux, cela! Vous savez combien, à Berlin, on apprécie nos renseignements, et si la source en était tarie.....

— Oh! nous n'en sommes pas encore là.

— Voici, à ce sujet, une lettre arrivée en votre absence. Je l'ai décachetée suivant votre autorisation. Notre correspondant Hermann Stoffer réclame à cor et à cris la description du nouveau canon essayé récemment à Vincennes.

Williams parcourut la lettre, puis haussant les épaules avec impatience :

— Ils sont insupportables, en vérité, à Berlin, dit-il. Ils ne me laissent pas un seul instant de répit.

— C'est ce que j'écrivais à Stoffer en lui expliquant le motif de votre voyage. J'ai promis de vos nouvelles par le courrier prochain.

— Mais cette description, je ne l'ai pas. Il me faut d'abord parler à Eva.....

— Il est 3 h. 1/2. Vous pouvez aller de suite chez M. de Kervannec et rentrer à temps pour faire votre lettre avant 6 heures, dit paisiblement M. Juppenheimer.

— Enfin, c'est épouvantable, s'écria Sanderley. Samedi soir, j'ai été à moitié assommé en Bretagne. Meurtri et courbaturé, je me levais hier à midi, afin de prendre le train du Mans, où je suis arrivé à 11 heures. Pour continuer mon voyage, il me fallait attendre le train de 4 heures ce matin. Poursuivi par une guigne persistante, je manque ce train. Crac! j'arrive exténué et n'ai même pas le droit de me reposer une demi-journée!

— Mon cher ami, reprit Juppenheimer, toutes ces doléances n'avancent à rien. Il faut huit à dix heures et non pas vingt-quatre heures, pour accomplir le voyage de Vannes à Paris. Enfin et surtout, nous devons éviter de mécontenter nos amis de Berlin. Que diable! une rente mensuelle de cinq mille francs constitue un joli denier.

Williams Sanderley poussa un profond soupir.

— Je m'exécute, dit-il avec résignation.

— Faites vite votre course et n'oubliez pas de présenter mes très respectueux hommages à Mme de Kervannec.

M. Sanderley quitta le bureau, sauta dans un fiacre :

— Avenue de l'Alma, 42.

Une demi-heure plus tard, il sonnait chez Olivier. Ce fut Angèle, l'accorte soubrette, qui vint lui ouvrir.

— Mme de Kervannec est-elle visible? demanda-t-il.

— Toujours pour vous, Monsieur, répondit la jeune fille. Madame est au salon avec son beau-frère et sa belle-mère.

Williams eut un mouvement de recul. Mais déjà Angèle avait ouvert la porte et annonçait M. Sanderley. Eva, fraîche et souriante, vint à la rencontre du visiteur.

— C'est gentil de venir me voir ainsi au débotté, dit-elle. Vraiment, on me gâte aujourd'hui. Voici notre nouveau député et notre mère qui font escale ici, en descendant de la gare Saint-Lazare. Vous connaissez déjà M. de Kervannec, Williams. Je suis heureuse de profiter de l'occasion pour vous présenter à Mme de Kervannec.

Une visible contrainte régnait entre ces divers personnages. Seule, Eva semblait conserver sa liberté d'esprit.

— Mais j'y songe, reprit-elle, vous êtes sans doute rentrés à Paris par le même train, puisque Williams arrive de Vannes.

Un mouvement de surprise chez Yves, de contrariété chez M. Sanderley, échappa involontairement aux deux hommes.

— Vous vous méprenez, Eva, dit Williams. J'étais au Mans depuis trois jours et je suis arrivé à 2 heures.

— Nous, au contraire, nous avons pris le chemin de fer à Ploërmel ce matin, à 6 heures, et nous débarquons à l'instant, dit Mme de Kervannec mère.

— Je vous ai fait commettre une véritable imprudence, ma bonne mère, reprit Yves, surtout après les fatigues de ces jours-ci.

— Vous savez sans doute, Williams, que M. de Kervannec a été élu à trois mille voix de majorité, dit Eva.

— Non, je m'occupe peu de politique, et n'ai même pas lu les journaux ce matin, répliqua négligemment M. Sanderley. Recevez quand même, Monsieur, toutes mes félicitations.

Et il s'inclina devant Yves.

— Je vous remercie, Monsieur, répondit celui-ci.

Décidément, la glace ne se rompait pas. Eva se retourna vers son beau-frère.

— Pour être pacifiques, ces luttes électorales n'en sont pas moins pleines d'émotions. Vous aurez, sans doute, des épisodes fort intéressants à nous raconter, dit-elle.

— Moi?..... Non. Certes, le combat a été vif ; j'ai rencontré des adversaires puissants..... Mais, aujourd'hui, je ne dois plus connaître ni amis ni ennemis.

— Il y a cependant une distinction à établir, reprit Mme de Kervannec mère. S'il s'agit des habitants de ta circonscription qui, trompés par des meneurs perfides, ont combattu de bonne foi ta candidature, oh! je suis de ton avis, tu dois oublier leurs agissements. Par exemple, je n'en dirai pas autant des mercenaires de la Franc-Maçonnerie, des commis-voyageurs en socialisme qui, pendant quinze jours, ont répandu à profusion les outrages et les calomnies.

— Oh! Madame, n'exagérez-vous pas un peu? interrompit Sanderley. A une époque d'élections générales surtout, chacun est occupé dans son petit rayon et personne n'éprouve le besoin d'aller voir ce qui se passe chez son voisin.

— Je vous demande pardon, Monsieur. Nous habitons à cent trente lieues de Paris. Cette distance n'a pas empêché une bande d'énergumènes, sortis des bas-fonds de la capitale, de venir terroriser nos paysans et d'employer les manœuvres les moins avouables pour faire échouer l'élection de mon fils.

— Ah! voyez-vous, reprit Eva, j'avais raison de croire que vous aviez des choses curieuses à nous raconter.

M. Sanderley rougissait, pâlissait, mordillait ses moustaches et semblait sur des épines. Son trouble n'échappa point à Yves.

— En vérité, Mesdames, reprit-il, il ne faut pas attacher trop d'importance à ces incitations plus ou moins déguisées du chef de la troupe à la violence et même à l'assassinat, puisqu'il a suffi d'un seul homme tombant au milieu de leur conciliabule pour les mettre tous en fuite.

— Oh! mais cela devient palpitant, dit Eva. Vous avez donc été attaqué? Quel était le nombre de vos agresseurs?

— Je n'ai couru aucun danger. C'est simplement un de mes fermiers qui a surpris, dans un chemin creux, une réunion d'une vingtaine d'individus. Mon fermier s'est soudain précipité au milieu d'eux, et voilà tous nos braves en déroute. Sur le champ de bataille, ils abandonnaient six revolvers, huit casse-têtes, un sac contenant plus de trois cents francs, un pardessus, une paire de lunettes bleues, une barbe postiche et une casquette.....

— Ah! ah! ah! dit Eva riant aux éclats ; l'aventure est piquante et l'on a dû bien s'en amuser à Ploërmel.

— Je crois, en effet, que la lâcheté de ces matamores a fait perdre pas mal de terrain à mon concurrent, reprit Yves.

Mme de Kervannec mère se leva.

— Mon cher Yves, dit-elle, nous nous oublions. Il est temps de regagner notre logis.

— C'est vrai, bonne mère. J'aurais pourtant bien désiré voir Olivier aujourd'hui.

— Mais, dit Eva regardant sa montre, je ne m'étonnerais pas que le capitaine allât vous rendre visite rue de Bourgogne, en sortant de son bureau. Il en parlait du moins ce matin.

— Oh! alors, partons vite, dit vivement Mme de Kervannec. En tardant davantage, nous serions capables de le manquer.

Et la mère et le fils se retirèrent. A peine la porte se fut-elle refermée derrière eux que Williams, se retournant brusquement, dit à Eva d'une voix sifflante :

— Avez-vous été assez maladroite. Aviez-vous besoin de raconter que j'arrivais de Vannes?

— Ah ça, mon cher, vous rêvez. Pourquoi faire des mystères pour une chose aussi simple? D'ailleurs, Olivier connaît parfaitement votre voyage de Bretagne, puisque vous lui aviez demandé des lettres d'introduction auprès des chefs militaires de la région. Il aurait dit cela tout machinalement à son frère. Croyez-moi, dans certains cas, la franchise est une véritable habileté.

Et comme Williams demeurait sombre et rêveur :

— C'est égal, continua Eva, votre protégé, le candidat Gourdon, a attrapé une jolie veste.

— Mes recrues m'ont abandonné à l'heure du danger.

— Seriez-vous, par hasard, le personnage aux lunettes bleues?

— Hélas! soupira Sanderley confus.

Eva de Kervannec se renversa sur son fauteuil, en proie à un rire inextinguible.

— Ah! par exemple, c'est trop fort, dit-elle. Et Yves qui se figure pouvoir reconnaître un jour le héros de l'aventure.....

— Il me regardait d'une étrange façon, tout à l'heure. Et l'autre soir, ce damné paysan m'a traité de sale Juif.

— C'est le cri à la mode, en ce moment, dit Eva toujours railleuse.

— Après tout, nos intérêts sont identiques, Eva, et je ne comprends pas pourquoi vous passez ainsi dans le camp ennemi avec armes et bagages.

— Vous êtes injuste, Williams, reprit Mme de Kervannec. De cœur et d'âme, je suis, je serai toujours avec vous, et j'ai grande envie de vous chercher querelle sur la façon piteuse dont vous avez conduit votre barque dans cette équipée électorale. Seulement, je suis forcée de garder certains ménagements avec Olivier et ses parents.

— Vous avez peut-être raison, repartit Sanderley ranimé par le calme de son interlocutrice. Enfin, parlons d'autre chose : pouvez-vous me remettre la description du nouveau canon Gérard?

— Mais cette description est rendue chez vous.

— Depuis quand? demanda Williams étonné.

— J'ai achevé la copie de ce travail jeudi dernier, et je vous l'ai portée moi-même immédiatement avec celle du rapport concernant les forts de l'Est. Si Olivier découvrait ici les copies de ses travaux, je serais perdue. Vous m'avez dit que votre concierge était une personne très sûre. C'est à elle-même que j'ai remis ces documents. Comment ne les avez-vous pas trouvés dans votre chambre?

— Cela n'a rien de surprenant ; je ne suis même pas remonté chez moi. Au revoir, ma chère Eva, et mille fois merci.

— Vous partez déjà? dit Mme de Kervannec.

— Il le faut. J'ai un important courrier à expédier ce soir. Excusez-moi donc et à bientôt.


## XII


Yves de Kervannec était un noble et vaillant cœur, capable des plus grands sacrifices pour le triomphe de la religion et de la liberté. Mais il éprouvait une véritable souffrance devant les combinaisons qui forment trop souvent la monnaie courante des actes journaliers de la vie politique.

Malgré sa vive intelligence, Yves conservait encore certaines illusions généreuses. Elles ne tardèrent à s'envoler après son entrée au Parlement.

D'abord, il eut beaucoup de peine à obtenir la validation de son élection. Une influence occulte se produisit pour retarder le débat et ensuite pour donner un corps aux protestations grotesques lancées par les amis du franc-maçon Gourdon. Comme l'avait prévu le notaire Séveno, on incrimina les moindres actes des membres du clergé.

Alors Yves dut monter à la tribune. Malgré l'émotion inséparable d'un premier début, la vigueur de sa dialectique, son éloquence persuasive lui conquirent les suffrages de tous les députés animés de quelques sentiments d'équité. L'enquête demandée par une Commission où dominait l'élément maçonnique fut repoussée, en séance publique, par une majorité de trente voix, et l'élection de M. de Kervannec fut définitivement validée.

Ce vote constituait un véritable succès. Infatigable, Yves prenait une part active à tous les travaux. En quelques mois, il conquit une place d'honneur dans la petite phalange des hommes d'élite ayant surtout en vue l'intérêt du pays.

On était arrivé au mois de janvier. Le jeune député, qui était venu passer les vacances de Noël aux Bruyères, se préparait à rentrer à Paris avec sa femme. Marie, en effet, n'avait pas quitté la Bretagne depuis l'année précédente, retenue par la naissance, survenue en septembre, d'une mignonne fillette, Marguerite. Cette fois, elle reprenait sa place auprès de son mari, et, à son tour, Mme de Kervannec restait au logis familial avec Madeleine Guihéneuf, la petite Yvonne et Guy.

Trois jours avant son départ, Yves reçut une lettre ainsi conçue d'un officier de la garnison de Vannes :

« J'apprends, Monsieur le député, que vous retournez à Paris la semaine prochaine. Seriez-vous assez aimable pour venir me voir avant votre départ? Je voudrais vous parler d'une grave affaire sur laquelle je serais heureux d'avoir votre appréciation.

» Merci d'avance et croyez.....

» L'officier d'administration,

» BERNARD. »

— Voilà qui est bizarre, dit M. de Kervannec. Enfin, demain j'irai à Vannes et je saurai ce dont il s'agit.

Le préposé au service de l'Intendance de Vannes accueillit M. de Kervannec avec une cordiale politesse.

— Je vous remercie d'avoir répondu à mon appel, lui dit-il. Il nous arrive en ce moment une aventure fort désagréable. Au mois de mai dernier, un marché a été conclu pour la fourniture de trois mille paires de souliers à raison de quinze francs la paire. La livraison de ces chaussures a été faite dans le courant de septembre et d'octobre, et nous en avons commencé la distribution aux jeunes recrues qui nous sont arrivées vers la mi-novembre, c'est-à-dire il y a six semaines. Or, ces souliers sont déjà, pour la plupart, hors de service. La moindre marche un peu longue, surtout dans la boue, et voilà les chaussures défoncées!

— C'est déplorable, dit Yves. Mais comment ont-elles été acceptées? L'officier haussa les épaules.

— Que voulez-vous, répondit-il. Il faudrait tout surveiller par soi-même. Si vous saviez les abus et malversations qui se produisent, grâce à la négligence des uns et à la mauvaise foi des autres.

— Avez-vous adressé des reproches au fournisseur?

— Je lui ai écrit, il y a quinze jours, lorsque les premières plaintes des soldats me sont parvenues. On m'a répondu qu'on ne voulait rien savoir. En un mot, ces voleurs ont empoché quarante-cinq mille francs pour des marchandises n'en valant pas quinze mille.

— Devant des faits pareils, il n'y a guère lieu de s'étonner du déficit toujours croissant dans les finances de l'Etat, reprit Yves.

Toutefois, dans cette circonstance, il faudra que le ministre de la Guerre soit saisi.....

— Et voilà justement où la chose se complique, interrompit l'officier. J'ai porté plainte en suivant la voie hiérarchique. Avant-hier, nous avons reçu une lettre de Paris nous avisant qu'après examen il n'y avait pas lieu de donner suite à l'affaire.

— Ah! par exemple, ceci me paraît fort.....

— Du moment qu'il y avait des Juifs là-dessous.

— Ces marchands de chaussures perméables sont juifs?

— Oui. C'est la maison Sanderley et Juppenheimer, de Paris.

— Sanderley! s'écria M. de Kervannec. Ce nom-là se trouvera donc toujours mêlé aux opérations louches?

— Vous le connaissez? Sans la recommandation du capitaine de Kervannec, il eût probablement été éconduit par tous les membres de la Commission.

— Comment! Olivier a recommandé cet individu? s'exclama Yves.

— Mais oui. Vous voyez comme nous sommes récompensés.

— Je suis désolé. Mon frère, croyez-le bien, ne soupçonnait pas la mauvaise foi de cet homme, reprit Yves confus.

— Je n'en doute pas. Si je vous ai prié de venir, cher Monsieur, c'est pour que nous cherchions ensemble le moyen de porter remède au mal.

— Je suis à votre entière disposition. Peut-être devrais-je déposer une interpellation à la Chambre?

L'officier d'administration fit une grimace.

— L'affaire pourrait s'arranger d'une autre façon, dit-il, par exemple, en remplaçant les chaussures défectueuses.

— Pour savoir si une transaction de ce genre aurait quelque chance de succès, il me faudrait connaître à fond ce Sanderley, et je l'ai vu seulement une ou deux fois. Mais je puis en parler à Olivier.

— Ah! voilà ce que je voulais, reprit l'officier. Vous entrez parfaitement dans mes vues.

— Eh bien! dit Yves en se levant, avant la fin de la semaine, je me serai mis d'accord avec mon frère et je vous aviserai.

M. de Kervannec s'éloigna mécontent. Il ne pouvait plus douter maintenant que Sanderley ne fût réellement le chef de la bande surprise par Pierre Lebahers dans le chemin de la Grande-Marnière. Ce qui l'affligeait et l'irritait en même temps, c'était de voir le singulier ascendant de cet homme néfaste sur Olivier, c'était aussi l'intimité excessive existant entre l'Américain et Eva.

. . . . . . . . . . . . . . . . . . . . . . .

Olivier s'était fait une douce habitude, presque tous les soirs, en sortant de son bureau, de se rendre rue de Bourgogne. Il restait avec sa mère environ une demi-heure. Mais presque jamais le nom d'Eva ne venait sur ses lèvres.

Yves et Marie étaient arrivés à Paris depuis la veille. Renouant la tradition interrompue pendant quelques semaines, le capitaine Olivier sonnait chez son frère vers 5 heures du soir.

— Tu arrives bien, dit Yves en lui tendant la main. Il n'y a pas eu de séance aujourd'hui et j'en ai profité pour mettre de l'ordre dans mes papiers. Marie est sortie et ne rentrera que pour dîner. Nous allons pouvoir causer.

— Tant mieux! répondit gaiment Olivier. Chacun de nous, maintenant, est lancé dans une voie différente et également absorbante, et nous avons trop peu d'occasions de nous rencontrer.

— Tu as beaucoup de besogne au ministère?

— Oui, et même plusieurs de mes collègues profitent de ma bonne volonté pour me passer sur le dos une partie de leurs travaux.

Pendant que son frère parlait, Yves achevait de mettre dans un vide-poche de nombreuses cartes de visite éparses sur la table.

— Tiens! dit-il tout à coup, Charles de Lagrenée, colonel en retraite, avenue de la Bourdonnais..... Ton ancien colonel habite donc Paris?

— Je crois que oui. Il a pris sa retraite, il y a deux ou trois ans.

— Comme tu me dis cela. Il me semble que tu devrais entretenir avec lui des relations suivies.

— Mais, non. Il a quitté Paris pour Nancy presque aussitôt après mon mariage. Nous nous sommes tout naturellement perdus de vue.

— Après les marques d'amitié prodiguées à miss Jenner par le colonel et sa famille, ce refroidissement me paraît étrange. Il est utile que je sache la vérité pour régler mon attitude vis-à-vis de M. de Lagrenée.

— Je n'ai absolument rien à reprocher au colonel, repartit Olivier. Seulement, débordé de travail, je vis un peu en solitaire, et je laisse à ma femme le soin de cultiver nos relations mondaines. Elle s'en acquitte à merveille, du reste. Son salon est l'un des plus suivis de Paris.

— Mme Durousier a-t-elle continué de voir Eva?

— Je..... je ne sais pas, dit le capitaine avec embarras. A Paris, ce n'est pas comme en province, mon cher. Ici, les rapports sont plus éphémères. Mille circonstances diverses entraînent les meilleurs amis dans des directions opposées,; d'autres liaisons se forment, et l'intimité d'un jour fait place peu à peu à une indifférence absolue.

— Oh! dit Yves ironiquement, tu fais pourtant des exceptions, ne fût-ce qu'en faveur de M. Sanderley.

Olivier eut un geste d'impatience.

— Allons, notre mère t'a monté la tête au sujet de ce pauvre William. Déjà elle m'a insinué que sa trop grande intimité avec ma femme pouvait devenir compromettante. Or, j'ai toute confiance dans Eva, comme dans son cousin, d'ailleurs.....

— Ceci est une question personnelle dont tu es seul juge, interrompit M. de Kervannec. Un jour, je te raconterai peut-être aussi quelques particularités sur un voyage accompli l'année dernière, en Bretagne, par ce cher William.....

— Tu ne lui pardonnes sans doute pas la sortie ridicule qu'il a faite chez moi à propos de ta candidature. En politique, Sanderley a des idées excentriques. Après tout, il y a des honnêtes gens dans tous les partis.

— Mais, s'écria Yves avec vivacité, quel sortilège emploie donc cet homme pour que tu te portes ainsi garant de son honneur, pour que tu ailles même jusqu'à compromettre la signature afin de favoriser ses opérations commerciales.....

— Explique-toi, Yves, dit le capitaine frémissant.

— Oh! je n'avance rien dont je ne sois sûr. Est-il vrai qu'il y a sept ou huit mois, tu aies remis à Sanderley des lettres de recommandation auprès de plusieurs officiers du 11° corps d'armée, afin de lui faire obtenir une importante livraison de chaussures pour la troupe?

— Sans doute. Quel mal y a-t-il à cela?

Yves se croisa les bras et regardant son frère en face :

— Et c'est toi, Olivier, toi, un officier français, qui prêtes ton nom et ton crédit à ces infâmes Juifs.....

Olivier haussa les épaules.

— Tu es imbu de préjugés provinciaux, répondit-il. Je n'aime pas les Juifs, mais ils ont, beaucoup plus que nous, le génie du commerce.....

— Le génie de la rapine, veux-tu dire.

— Bah! c'est encore une exagération. On les accuse le plus souvent sans preuve.....

— Ah! va donc demander au sous-intendant Bernard si les souliers fournis par Sanderley ne sont pas des articles de pacotille.

— En es-tu sûr? demanda Olivier.

— Mon cher, j'ai dans ma malle, en haut, deux spécimens des chaussures en question. L'un a été défoncé au bout de quatre jours. L'autre n'a jamais servi, mais nous avons entaillé la semelle et constaté la fraude. Veux-tu les voir de suite?

— Inutile ; je te crois sur parole. Mais je suis excessivement surpris et contrarié de ce que tu m'apprends. Jamais aucune plainte de ce genre n'a été formulée contre la maison Sanderley. J'espère, du reste, que l'officier d'administration et toi-même, vous ne doutez pas de ma bonne foi.

— Certainement, repartit Yves ; nous te connaissons assez pour croire que tu es le premier trompé. Mais tout le monde n'est pas tenu d'avoir la même confiance, et c'est pourquoi je te prie de te montrer plus circonspect à l'avenir dans le choix de tes protégés.

— Tu as raison, je te remercie de m'avoir averti, répondit le capitaine.

— Très bien, mais cela ne suffit pas. J'ai promis que tu nous aiderais à obtenir réparation du préjudice causé. Grâce à cette promesse, on a consenti à surseoir au dépôt de la plainte en escroquerie.

— Tu as bien fait. Après tout, Sanderley, trompé lui-même par les fabricants de chaussures, se prêtera à un arrangement amiable. Je lui en parlerai jeudi soir.

— C'est entendu.

Olivier se leva et, après un instant d'hésitation, tendant la main à son frère :

— Yves, dit-il, répète que tu ne doutes pas de moi. J'ai assez de causes d'ennui, va!..... Je souffrirais trop s'il me fallait perdre ton estime.....

Sa voix s'éteignit dans un sanglot. Très ému, Yves lui prit les mains.

— Rassure-toi, Olivier, répondit-il. Jamais je ne te supposerai capable de renier les traditions d'honneur et de loyauté qui nous ont été transmises par notre noble père, notre sainte mère. Mais sois prudent, et en même temps sois énergique. Reste français, reste breton.....

— Oui, frère; compte sur moi, soutenu par ton affection, je saurai tout braver.

Et le capitaine sortit rapidement.


## XIII


Yves en était convaincu, maintenant, son frère n'avait point oublié les grands principes du droit et de l'honneur..... Mais, alors, pourquoi semblait-il subir l'ascendant du méprisable Sanderley?

Un autre point restait obscur dans l'esprit de M. de Kervannec : comment expliquer la rupture totale des rapports si intimes existant autrefois entre Olivier et le colonel de Lagrenée? Comment Mme Durousier avait-elle cessé de voir cette Éva Jenner qu'elle avait tant contribué à fixer à Paris?

— Oh! j'en aurai le cœur net, se dit Yves. Je vais aller rendre la visite du colonel et je lui demanderai une franche explication.

Il se préparait à sortir, lorsqu'une domestique frappa à la porte de sa chambre.

— Qu'y a-t-il? demanda Yves.

— Un monsieur attend au salon ; voici sa carte, répondit la servante.

Le morceau de vélin portait encore le nom du colonel de Lagrenée. A cette vue, Yves poussa une exclamation de surprise et se hâta de descendre.

Le colonel, grand et robuste vieillard, se leva.

— Pardonnez-moi, cher Monsieur, dit-il, de venir à cette heure matinale. Je me suis présenté chez vous, avant-hier. On m'a dit que vous étiez retenu à la Chambre une grande partie de la journée, et cependant, je tenais absolument à vous voir.

— Mon colonel, je me proposais moi-même d'aller chez vous ce matin. Permettez-moi de vous dire combien je suis heureux de vous revoir, après tant d'années de séparation.

Le colonel poussa un profond soupir.

— Oui, en effet, dit-il, il y a longtemps que nous ne nous sommes rencontrés..... Alors, j'avais des illusions..... Je croyais à la revanche prochaine.....

— C'est vrai, mon colonel. Et pourtant, pourtant, malgré tout, j'ai foi dans l'avenir.

— Moi aussi, dit M. de Lagrenée ; je l'aime toujours, notre chère patrie, malgré ses défaillances. J'espère toujours voir son triomphe. Mais saura-t-elle se défendre contre ses principaux ennemis?

Le colonel s'arrêta. Très surpris de l'étrange tournure de l'entretien, Yves reprit au bout d'un instant :

— J'ignorais, mon colonel, que vous vous fussiez fixé à Paris. Olivier me l'a appris hier soir seulement.

— Ah! oui, dit M. de Lagrenée tressaillant tout à coup. Vous voyez souvent votre frère, maintenant!

— Assez souvent. Il a sauvé la vie à ma femme et à ma mère, l'année dernière; et cette circonstance providentielle a mis fin à notre brouille.

— J'ai, en effet, entendu parler de cette aventure. Et que pensez-vous de votre belle-sœur?

Yves eut un instant d'hésitation.

— En vérité, mon colonel, dit-il en souriant, vous m'embarrassez un peu. J'ai vu Eva une dizaine de fois seulement, vous la connaissez beaucoup mieux que moi. Je n'ose donc formuler aucun jugement.

— Ah! si j'avais su!..... Pauvre Olivier! Enfin, s'il est heureux, c'est l'essentiel.

— Heureux!..... Oh! non. Hier, il m'a presque inconsciemment dévoilé sa souffrance.

— Ah! il souffre?..... Tant mieux, dit le colonel avec un soupir de soulagement.

— Comment! tant mieux? reprit Yves étonné.

— Oui, s'il souffre, c'est qu'il a résisté à l'atmosphère ambiante de démoralisation dans laquelle il se débat depuis dix ans.

La conversation devenait de plus en plus énigmatique. Yves crut pouvoir se départir de sa réserve.

— Mon colonel, dit-il, voulez-vous me permettre une question? Comment se fait-il que vous ayez cessé tous deux vos relations, surtout après la part que vous aviez prise à son mariage?

— Hélas! Je regrette précisément le rôle que j'ai joué dans cette affaire.....

— Mais enfin, dit Yves avec hésitation, Eva a donc des reproches bien graves à se faire?

— Vous ne vous apercevez de rien, alors? demanda le colonel ironiquement. Vous êtes aveugle, vous aussi..... Oh! dans quel abîme de honte votre frère se laisse glisser!

— Enfin, mon colonel, vous m'effrayez. A vous entendre, un grand péril menacerait Olivier.....

— Eh bien! oui, mon ami. J'ai cessé de le voir, mais je ne puis oublier nos relations d'autrefois. Je sais quelle était sa valeur morale et intellectuelle. Je ne veux pas croire aux suspicions terribles dont il est l'objet.

— Parlez, mon colonel, je vous en prie.

Le vieil officier toussa, se moucha et reprit, non sans quelque hésitation :

— Tout d'abord, je vous dois un aveu et une explication. L'Américain Jenner, père d'Eva et frère de l'associé aujourd'hui décédé de M. Durousier, était un homme fort honorable. Seulement, il avait commis la sottise d'épouser une Juive très belle, très riche, mais dont la famille était absolument tarée. Mme Durousier, vous le pensez bien, ne se fût jamais occupée de miss Jenner si elle avait connu cette circonstance. Enfin, les jeunes époux allèrent passer leur lune de miel en Amérique et ils profitèrent de ce voyage pour liquider la fortune de Mme de Kervannec. Entre parenthèses, saviez-vous que son oncle maternel lui avait soustrait deux ou trois millions dans le règlement de compte de tutelle?

— Non, et je ne m'en étonne point, car Olivier, dans cette union, mettait au second rang la question d'argent.

— Bon; seulement, il aurait dû tout au moins conserver son indépendance de chef de famille. Au lieu de cela, en rentrant à Paris, il refusa de suivre le régiment à Nancy et sollicita son entrée dans les bureaux de la Guerre. Il devint rond-de-cuir, quoi! Ce fut pour moi une cruelle déception.

— En prenant ce parti, croyez-le bien, mon colonel, Olivier a sacrifié ses préférences personnelles. En tout cas, dans ce poste tout comme dans le service actif, il peut faire œuvre utile au pays.....

— Moi aussi, je le pensais; mais nous comptions sans les influences du cousin de Madame, le Juif américain Sanderley. L'avez-vous rencontré quelquefois, celui-là?

— Je connais le personnage à fond, mon colonel, et même je vois maintenant où vous voulez en venir. Olivier s'est sottement compromis en recommandant la maison Sanderley, Juppenheimer et Cᵢᵉ. Je l'ai édifié sur le compte de ces fripons et il m'a promis, hier soir, d'être plus circonspect à l'avenir.....

— Ah! mon pauvre ami, s'il ne s'agissait que de ces vétilles, je ne serais pas aussi tourmenté.....

— Mais qu'y a-t-il donc? Parlez, balbutia Yves frémissant.

— Eh bien, depuis un certain temps déjà, on s'apercevait au ministère d'indiscrétions graves..... Les secrets les plus importants de la défense nationale étaient dévoilés à l'étranger..... Naturellement, on s'est ému en haut lieu..... On a envoyé à Berlin un émissaire très habile, et de cette enquête il est résulté la preuve indéniable que tous les documents ainsi livrés avaient passé par les mains du capitaine de Kervannec.....

— Mon colonel..... c'est impossible!..... s'écria Yves blême de stupeur. Mon frère, un traître?..... Non, non, je ne le croirai jamais!

— Il est dur, allez, pour un vieil officier français d'avouer de pareilles choses, reprit M. de Lagrenée dont les yeux se remplissaient de larmes. Penser qu'un soldat trahit le drapeau, ses amis, la patrie, c'est affreux! Mais la douleur est mille fois plus poignante encore quand l'accusé est un homme comme Olivier.....

— Mon colonel, il n'est pas coupable!..... s'écria M. de Kervannec. Et d'abord, d'où tenez-vous ces renseignements?

— Je ne puis vous le dire en ce moment, mais je suis sûr de leur exactitude..... On doit me fournir ces jours-ci des détails complémentaires. En attendant, il faut que votre frère se tienne sur ses gardes. Il y a dans tout cela, je le crois, d'odieuses machinations..... Par exemple, votre frère doit, avant toutes choses, opérer une réforme radicale dans son existence.....

Et le colonel de Lagrenée se retira en serrant la main d'Yves de Kervannec. Celui-ci demeura quelques instants sur un fauteuil, comme anéanti par la terrible révélation. La porte du salon s'ouvrit doucement et Marie de Kervannec entra.

— Nous t'attendons pour déjeuner, Yves, dit-elle. Mais comme tu es pâle!..... Serais-tu malade?

— Non, ma bonne Marie. Seulement, je viens d'apprendre de si terribles choses.....

Et Yves raconta à sa femme les révélations du colonel.

— Je suis paralysé, dit-il. Ma situation de député de l'opposition ne peut que nuire à Olivier. On se montrera plus sévère pour lui afin que les éclaboussures rejaillissent sur moi.

— Hélas! c'est vrai, reprit Mme de Kervannec. Mais, s'il en est ainsi, c'est raison de plus pour ne pas te laisser abattre. Votre devoir, à Olivier et à toi, est de lutter énergiquement jusqu'à ce que la vérité se manifeste au grand jour. Le colonel de Lagrenée t'a promis d'autres détails. En pareil cas, il faut tenir tête à l'orage jusqu'au bout, surtout quand on a la conscience tranquille.

— Tu as peut-être raison, dit Yves. Pourtant, il serait nécessaire qu'Olivier fût prévenu.

— Il est retenu à son bureau jusqu'à 5 heures. En sortant de la Chambre, tu iras chez lui. Courage et confiance! Ensuite, Dieu nous inspirera.


## XIV

Ce même jour où le colonel de Lagrenée avait appris au député du Morbihan les bruits fâcheux circulant sur son frère, un planton se présentait, vers midi, à l'hôtel de l'avenue de l'Alma.

— Une lettre pressée pour le capitaine de Kervannec, dit-il en remettant un pli cacheté au domestique.

Olivier venait d'achever son déjeuner et se préparait à retourner à son bureau. Eva et Lucy étaient encore assises à table. Mme de Kervannec semblait d'assez maussade humeur, comme à son ordinaire.

— Quels sont vos projets pour tantôt, Eva? lui demanda son mari.

— Il y a une exposition aux magasins du Louvre. J'y passerai sans doute une heure ou deux. Puis j'irai chez la baronne Harfen.

Olivier fronça le sourcil.

— Vous fréquentez donc toujours cette femme? dit-il.

— Mon cher, je vous ai dit cent fois pour une que je ne veux pas m'occuper des caquets des mauvaises langues. Sara Harfen est une personne charmante, cela me suffit.

— C'est aujourd'hui le jour de réception de ma belle-sœur Marie. Je pensais que vous iriez rue de Bourgogne.

— Je n'ai pas le temps, interrompit sèchement Eva. Ce sera pour un autre jour. Je vous prierai même, Olivier, de ne pas vous attarder ce soir. Nous dînerons à 6 heures précises, car je veux aller aux Folies-Marigny......

— Aux Folies-Marigny? ce soir? Vous n'y songez pas.....

— Vraiment si, j'y songe. Vous allez me dire peut-être que vous ne pouvez m'accompagner. Peu m'importe. Williams se servira de cavalier, et nous y rejoindrons M. et Mme Harfen.

De plus en plus, Olivier fronçait les sourcils. Catherine, allant et venant de la salle à manger à l'office, se rendit compte, sans doute, que l'orage était proche.

— Venez vite, mignonne, dit-elle à Lucy. Vous allez arriver en retard au cours.

L'enfant se leva docilement et alla embrasser son père. Celui-ci la retint un moment sur ses genoux et lui dit avec tendresse :

— A ce soir, ma chère petite. Sois sage, tantôt.

— Oui, père, répondit la fillette en se dirigeant vers sa mère.

Celle-ci mit un froid baiser sur le front de Lucy et s'apprêta à quitter la salle à manger. Du geste, Olivier la retint.

— Un mot seulement, Eva, dit-il ; je vous ai priée maintes fois de cesser vos relations avec cette baronne Harfen. Vous n'avez tenu aucun compte de mes observations. Aujourd'hui, je vous défends de vous montrer en public avec cette femme. Vous n'irez donc point à la représentation.

— Quand vous aurez fini vos sermons, vous voudrez bien m'en prévenir, dit Eva de son ton le plus impertinent.

— Ce n'est pas tout. Je vais ce soir même aussi avertir Williams Sanderley que vous devrez vous conformer désormais aux usages reçus, en cessant de sortir ainsi tous les deux ensemble.....

— Ah! on le voit bien, le sage Yves de Kervannec et sa non moins sage épouse sont de retour à Paris, repartit Mme de Kervannec railleuse. Ils vous ont dicté votre leçon. Par malheur, la soumission n'est pas ma vertu dominante.

— Prenez garde, Madame, je ne vous permettrai pas de traîner mon nom dans la boue.

— Mais je suis toute prête à vous le rendre, ce nom illustre, Monsieur, le divorce ne m'effraye point.

La porte qui s'ouvrait interrompit la discussion des deux époux. Le domestique remit au capitaine la lettre apportée par le planton. Profitant de la diversion, Eva tourna le bouton de la porte latérale près de laquelle elle se trouvait et s'éclipsa lestement.

Olivier regardait l'enveloppe avec surprise, et, la déchirant d'une main nerveuse :

— Ordre de la place..... que signifie cela? murmura-t-il.

*Aussitôt réception de la présente, vous vous rendrez devant le colonel Bardel. Urgent.*

Voilà, en vérité, une étrange convocation.

L'officier sortit rapidement, sauta dans un tramway et, vingt minutes plus tard, arrivait rue Saint-Dominique. Il traversa la cour et un long couloir et rejoignit enfin le cabinet particulier du colonel Bardel, spécialement chargé des fonctions de commissaire instructeur près le Conseil de guerre.

Sur le vu de sa lettre de convocation, le planton de garde introduisit immédiatement le capitaine de Kervannec.

Le colonel Bardel était âgé de cinquante-cinq à soixante ans. C'était un homme de haute valeur, mais on le redoutait dans l'armée à cause de son excessive rigidité de principes. A la vue d'Olivier, il releva la tête et mit de côté divers papiers. Puis, d'un ton sec :

— Vous n'avez pas tardé, capitaine de Kervannec.

— Il était de mon devoir, mon colonel, de répondre immédiatement à votre appel.

— Vous ne vous doutez pas de ce que j'ai à vous dire?

— En aucune façon, mon colonel, répondit Olivier étonné.

Après un instant de silence, le commissaire instructeur reprit la parole :

— Avez-vous entendu parler des fuites nombreuses dont on se plaint dans les bureaux de l'état-major?

— Très vaguement, mon colonel. A mon bureau, nous sommes absorbés par les détails multiples relatifs à la défense nationale.

— Malheureusement, la plupart de ces indiscrétions concernent les travaux dont vous parlez.

— S'il s'agit d'une arme nouvelle, par exemple, il est possible que nos jeunes camarades.....

— Alors, suivant vous, répliqua le colonel, ce sont eux qui vendent à l'Allemagne les secrets les plus importants de la défense nationale?.....

— A l'Allemagne! répéta Olivier terrifié. Mais il y aurait là crime de haute trahison.

— Oui, capitaine. A maintes reprises, on s'est aperçu qu'à Berlin on connaissait aussi bien qu'à Paris nos plans de mobilisation.

— Sur mon honneur, je l'ignorais, mon colonel. Souvent, on nous recommande la plus grande réserve, même vis-à-vis de notre entourage immédiat. Pour mon compte personnel, je me suis rigoureusement conformé à ces prescriptions, et je porte toujours sur moi la clé du bureau de mon cabinet particulier de l'avenue de l'Alma, où je renferme parfois d'importants documents.

— Nous en avons cependant la preuve indéniable ; depuis trois ou quatre ans, la Prusse entretient des intelligences dans les bureaux de la Guerre.

— Oh! c'est épouvantable! Quels sont donc les misérables susceptibles de commettre ce crime de lèse-patrie?

— Ils méritent un châtiment exemplaire, n'est-ce pas, capitaine?

— Certes, oui, mon colonel. Le code militaire, à mon avis, n'édicte pas de peine assez forte pour de pareils forfaits.

Olivier s'exprimait avec chaleur. Le colonel le considéra un instant en silence. Puis il chercha sur son bureau deux minces cahiers couverts d'une écriture serrée.

Il les tendit à M. de Kervannec.

— Reconnaissez-vous cela, capitaine? dit-il.

Olivier regarda les documents.

— Vous m'excuserez, mon colonel, répondit-il. Je ne connais pas assez l'allemand pour le traduire ainsi couramment. Il me faudrait une heure ou deux de travail.

— Inutile de vous donner tant de peine. Voici la traduction française toute prête.

Et le colonel Bardel, reprenant le texte allemand, remit à M. de Kervannec deux autres manuscrits. A peine Olivier en eut-il parcouru les premières lignes qu'il s'écria vivement :

— Sans doute, je reconnais ces deux rapports. Ils sont de ma rédaction. L'un concerne les expériences faites à Bourges avec le nouveau canon Gérard, au mois de mars dernier. Celui-ci est un résumé de mes observations personnelles au sujet des forts de l'Est. Je l'ai rédigé durant un voyage en Lorraine, Champagne et Franche-Comté, effectué il y a environ dix-huit mois.....

— Vous reconnaissez être l'auteur de ces travaux?

— Parfaitement. Mais comment et pourquoi ont-ils été traduits en allemand?

— Mieux que personne, sans doute, vous pourriez nous édifier à ce sujet, capitaine.

— Moi? s'écria Olivier stupéfait. Ces deux rapports ont été transmis au ministre aussitôt après leur rédaction. Celui concernant les forts de l'Est a même mérité les éloges du Conseil supérieur. Mais jamais il ne m'est venu à la pensée que ces travaux dussent être traduits en allemand. Quelle en eût été l'utilité?

— Oh! c'est bien explicable. Cela simplifiait la tâche de nos bons voisins de Berlin.....

Olivier recula d'un pas.

— Mon colonel..... balbutia-t-il. J'ai peur de vous comprendre.

— Quoi! vous prétendriez encore nier l'évidence? C'est une mauvaise tactique, capitaine. Mieux vaudrait pour vous entrer dans la voie des aveux.

— Des aveux!..... répéta M. de Kervannec terrifié. Alors, je ne me trompais pas..... Je suis accusé de haute trahison.....

Il s'arrêta, sa voix s'éteignait dans sa gorge crispée. Le colonel se leva, et debout, l'œil étincelant, reprit d'une voix vibrante :

— Assez de mensonges! capitaine de Kervannec. Oh! oui, vous avez raison, l'on n'en vient à cette extrémité à l'égard d'un officier français qu'après de longues hésitations et quand on a réuni toutes les preuves morales et matérielles de culpabilité. Or, en ce moment, toutes ces preuves s'élèvent contre vous.

— Mais enfin, mon colonel, dit Olivier, cherchant à reprendre un peu de sang-froid, expliquez-moi comment vous avez pu concevoir de si odieuses suppositions.

— Vous vous défendrez devant le Conseil, capitaine.

— Oh! c'est affreux, murmura Olivier d'une voix brisée. Je fais un rêve atroce..... N'avais-je donc pas assez souffert déjà.....

Il chancelait, et une expression d'angoisse poignante se lisait sur son visage. Le colonel Bardel en éprouva quelque pitié et il lui dit d'un ton plus calme :

— Je vous le répète, capitaine, nous voudrions nous-mêmes tous du fond de notre cœur que vous puissiez vous laver de cette terrible accusation. Vos notes de service sont excellentes. Malheureusement, les fuites, les révélations, répétons le mot, les trahisons sont toutes parties du même point et se rapportent à des travaux dont vous étiez spécialement chargé.

— Mon colonel, dit Olivier avec abattement, tout ce que je sais, c'est que je suis innocent.

— Il y a deux mois environ, poursuivit le colonel, nous apprenions que les Allemands connaissaient le canon Gérard et les modifications par nous apportées à nos forts de l'Est. Alors, nous prîmes le parti d'envoyer à Berlin un de nos plus fins limiers du service des renseignements. Il y a trois jours, nous recevions les deux textes allemands, et notre agent nous informait que ces rapports avaient été livrés au service de Berlin par un soi-disant directeur de banque, le nommé Hermann Stoffer.

— Stoffer! s'écria Olivier ; l'associé berlinois de la maison Sanderley, Juppenheimer et C<sup>ie</sup>..... Oh! les infâmes!.....

— Vous êtes donc brouillé, maintenant, avec ce fripon de Sanderley? dit ironiquement le colonel. Avouez, capitaine, que votre intimité avec cet individu était bien faite pour donner lieu aux plus fâcheuses interprétations.

— Mon colonel, répondit M. de Kervannec, je puis mériter certains reproches. Oui, j'ai été étourdi et aveugle, mais dans tout cela Sanderley n'est pas le plus coupable, hélas!.....

— Que voulez-vous dire? répliqua vivement le colonel. Parlez franchement. Si quelque indice peut vous aider à établir votre innocence, je suis prêt à vous offrir mon concours.

— Merci, mon colonel. Le coupable dont je parle, je ne puis le nommer, pour le moment du moins..... Ah! je suis bien malheureux!..... allez!..... Mais je le jure sur mon salut éternel, si j'ai été imprudent, je n'ai jamais forfait à l'honneur, et j'eusse préféré mourir mille fois plutôt que de trahir ma patrie.....

Et des larmes brûlantes jaillirent des yeux du pauvre officier. Plus ému qu'il ne voulait le laisser paraître, le colonel Bardel s'approcha de lui.

— Calmez-vous, capitaine, dit-il. Vous êtes trop troublé pour chercher vos moyens de défense. Je vous interrogerai de nouveau demain. Pour le moment, j'ai ordre de vous faire conduire au Cherche-Midi.

— Arrêté! dit Olivier d'une voix brisée. Oh! mon frère! ma pauvre mère! Que vont-ils dire?..... Et mon enfant!

— Peut-être devriez-vous faire prévenir Mme de Kervannec que vous ne rentrerez pas ce soir, reprit le colonel.

— Ma femme! répondit le capitaine dont les larmes se séchèrent subitement: C'est inutile. Elle va ce soir au théâtre avec Sanderley.....

Mais tenez, mon colonel, puisque vous voulez bien compatir à ma détresse, permettez-moi d'envoyer un mot à mon frère.

— Hum! hum!

— Un seul mot, mon colonel. Vous lirez vous-même.

— Après tout! Mettez-vous là et écrivez.

Le capitaine s'assit à la place du commissaire instructeur et griffonna quelques mots sur une feuille de papier.

A 5 heures du soir, le capitaine Olivier de Kervannec était écroué à la prison militaire du Cherche-Midi.


## XV


Il était plus de 6 heures quand Yves de Kervannec quitta la salle des séances. A la porte, un huissier lui remit une enveloppe cachetée.

— Mme de Kervannec a apporté cette lettre pour vous, il y a une demi-heure, pendant que vous étiez à la tribune, dit-il. C'est pressé, paraît-il.

Le député, assez intrigué, lut le billet suivant :

« Le malheur nous frappe plus vite que nous ne le pensions. Un soldat a apporté, il y a une heure, cet appel désespéré d'Olivier. Te sachant pris à la Chambre, j'ai cru utile de courir chez Eva. Elle était sortie, et personne, avenue de l'Alma, ne semble se douter de ce qui se passe. Je suis obligée de rentrer à cause de Marguerite, mais j'ai tenu à te prévenir..... Courage, mon cher ami. N'épargne rien pour sauver notre frère..... Moi, faible femme, je ne puis que prier.

» Marie de Kervannec. »

A cette lettre était joint le billet tracé par Olivier dans le cabinet du colonel Bardel et contenant seulement ces mots :

« Je suis arrêté pour crime de haute trahison..... Yves, je t'en supplie, au secours! Il me semble que je deviens fou..... Console notre mère..... Songe à mon enfant.

» O. de Kervannec. »

Yves demeura un instant atterré..... Puis, franchissant quatre à quatre les degrés du Palais-Bourbon, M. de Kervannec sauta dans un fiacre.

— Avenue de l'Alma, au galop! dit-il au cocher.

Dix minutes plus tard, la voiture s'arrêtait devant la demeure d'Olivier.

Yves tira vivement la sonnette. Angèle vint ouvrir, et, à la vue du député, laissa échapper un geste de désappointement:

— Ah! dit-elle, c'est vous, Monsieur? Je croyais que c'était M. le capitaine. Il n'est pas encore rentré dîner.....

— Mme de Kervannec? interrompit le député.

— Oui, Monsieur, mais je ne sais pas si elle aura le temps de vous recevoir. Elle va au théâtre ce soir et sa toilette n'est pas encore commencée.

— Oh! il n'y a pas de toilette ni de théâtre qui tiennent. Il faut que je lui parle à l'instant.

Et, sans attendre la réponse de la camériste, Yves se dirigea vers la porte de la salle à manger et l'ouvrit brusquement. Eva, debout devant la cheminée, dit sans se retourner :

— Vous avez cru sans doute m'embarrasser beaucoup, Olivier, en me faisant ainsi dîner en retard. Votre manœuvre est déjouée, je viens de terminer mon repas et j'irai quand même aux Folies-Marigny.

— Et moi, je vous garantis que vous n'irez pas au théâtre ce soir, Madame, riposta Yves d'un accent indigné.

La jeune femme se retourna et, avec un cri de surprise :

— Comment, c'est vous? dit-elle. Que signifie cette invasion?

Refermant la porte derrière lui, Yves s'avança vers sa belle-sœur :

— Madame, lui dit-il presque à voix basse, un terrible malheur nous frappe tous. Savez-vous où est Olivier?

— Mais je ne suis pas mieux renseignée que vous. Ce matin, nous avons eu une petite altercation comme il s'en produit fréquemment entre nous..... Se serait-il suicidé, par hasard? Cela m'étonnerait de sa part.

Un sourire ironique voltigeait sur ses lèvres. M. de Kervannec lui tendit le billet du capitaine.

— Lisez, dit-il simplement.

Eva jeta les yeux sur le papier et perdit soudain son assurance.

— Olivier arrêté pour haute trahison! balbutia-t-elle comme se parlant à elle-même. Mais alors, nous pouvons tout craindre..... Il faudrait prévenir William.....

— Quoi! s'écria Yves abasourdi, je vous annonce que votre mari est sous le coup d'une épouvantable accusation et vous songez d'abord à ce misérable Sanderley?

Mme de Kervannec comprit son imprudence et dit d'un air accablé :

— Oh! ne faites pas attention. Je suis si troublée..... Ma tête se perd..... Qu'allez-vous faire?

— Il faut que nous sauvions mon frère!

— Dans votre situation de député, cela doit vous être facile.....

— A condition, toutefois, de prouver son innocence, et pour cela, Madame, votre concours m'est nécessaire.

— Moi? Mais je ne sais rien. Jamais le capitaine ne m'a parlé de ses affaires, repartit Eva.

— Alors, vous abandonnez votre mari!

— Mon cher beau-frère, je suis désolée de ce qui lui arrive, mais je n'y puis rien. Après tout, peut-être est-il coupable..... Ce serait assez piquant, par exemple, car il se pose toujours en preux des anciens temps..... Et ce nom dont il était si fier..... Ah! Ah! Ah! Il sera plus modeste à l'avenir.

Yves s'efforça de conserver son sang-froid.

— Écoutez-moi, Madame, reprit-il. Je suis venu ici »

que, d'accord avec vous, nous avisions au moyen de sauver Olivier. Vous répondez à ces démarches si naturelles par la froideur et la raillerie.

— Vous ne vous en étonneriez pas, Monsieur, si le capitaine vous avait mis au courant des profondes divisions existant entre nous. Ces divisions s'accentuent de jour en jour, à un tel point que, seul, le divorce peut porter remède au mal.....

— Ce n'est pas possible! s'écria M. de Kervannec. Vous oseriez en venir à cette extrémité?

— Parfaitement. Il y a déjà plusieurs mois, du reste, j'ai prévenu Olivier de mon intention de rompre une union mal assortie.....

— Mais, Madame, pour obtenir le divorce, il faut avoir des motifs plausibles, et mon frère ne vous en a jamais fourni aucun.

— Je le reconnais avec vous, Monsieur. Aujourd'hui, par exemple, les choses changent de face. L'accusation portée contre le capitaine m'assure le droit incontestable de recouvrer ma liberté et je ne laisserai point échapper cette occasion inespérée de sortir d'une situation inextricable.

Yves de Kervannec regarda la jeune femme bien en face, puis, d'une voix vibrante :

— Mais, Madame, dit-il, pourquoi êtes-vous venue de l'autre côté de l'océan pour torturer mon malheureux frère et briser son avenir?

— Etrange reproche de votre part, Monsieur ; j'ai, en définitive, redoré le blason de M. de Kervannec.....

— Eh! Madame, qu'importe la richesse, puisque vous n'apportiez à Olivier que la honte et le déshonneur!

— Monsieur, vous m'insultez!

— Comment! vous venez de jeter le masque et je ne pourrais pas vous dire une bonne fois la vérité?..... Olivier était un loyal et brave officier. Fiancé à une noble et pure jeune fille de notre monde, de notre race, celle-là! il voyait s'ouvrir devant lui les plus radieuses perspectives..... Vous vous êtes tout à coup trouvée sur son passage, vous, l'aventurière cosmopolite, la femme sans cœur et sans patrie, la descendante de la race maudite de Judas..... Vos millions, vous le savez bien, n'ont exercé aucune influence sur lui ; au contraire, ils l'empêchaient de demander votre main. Alors, vous vous êtes offerte à lui..... Vous avez imaginé je ne sais quelle comédie sacrilège d'abjuration.....

— A qui la faute, Monsieur? Par les renseignements de Mme Durousier, par tout ce qu'Olivier me racontait de votre famille et de vos antécédents, j'étais convaincue que Mme de Kervannec refuserait son consentement au mariage de son fils si je n'embrassais pas le catholicisme. Qui veut la fin veut les moyens. Avec une naïveté excessive, votre frère a cru que j'avais été réellement touchée par la grâce. Pendant quelques années, j'ai entretenu son erreur, puis, fatiguée de cette hypocrisie permanente, je l'ai averti que j'entendais recouvrer ma complète indépendance. Depuis ce jour-là, par exemple, tout a marché de mal en pis entre nous.....

— Mais, malheureuse femme, dit Yves au comble de l'exaspération, s'il vous fallait une victime, pourquoi avez-vous choisi Olivier de préférence à tout autre?..... Vous ne l'avez jamais aimé.....

— Mais si. A l'instant de notre mariage, votre frère me plaisait beaucoup. Toutefois, j'ai eu tort, alors, de suivre l'entraînement de mon cœur. Vous l'avez dit, nous ne sommes pas de la même race. Qu'adviendra-t-il de l'accusation grave portée contre M. de Kervannec? Je n'en sais rien. Mais, quoi qu'il arrive, la vie commune serait désormais, pour tous deux, un enfer perpétuel. Il vaut donc beaucoup mieux, puisque l'occasion s'en présente, faire prononcer le divorce.

Yves de Kervannec était à la fois atterré et écœuré..... Les mains agitées d'un tremblement nerveux, les yeux étincelants, il fit un mouvement pour s'élancer sur Eva. Celle-ci mit la main au cordon de sonnette.

— Dois-je appeler les domestiques? dit-elle. Oseriez-vous me frapper?

— Non, Madame, répondit Yves recouvrant son sang-froid. Si vous avez l'âme d'un démon, vous n'êtes physiquement qu'une faible femme.....

Et M. de Kervannec se précipita hors de l'appartement. Il descendit l'escalier en courant, et, sur le seuil du portail, il se heurta à un homme.

— Pardon, Monsieur, dit courtoisement le nouveau venu en soulevant son chapeau.

Une pensée traversa le cerveau de M. de Kervannec :

— C'est Sanderley, se dit-il.

Il mit de nouveau la main sur le bouton de la sonnette pour faire rouvrir la porte. Une réflexion le retint.

— Que vais-je faire? se demanda-t-il. Courir après cet homme, recommencer avec lui la répugnante scène de tout à l'heure.... Et après?..... Je ne puis oublier Olivier, et c'est lui, lui surtout, qu'il importe de sauver..... Mon Dieu! mon Dieu! inspirez-moi.....

Oh! ce Sanderley! c'était lui, à coup sûr, la cheville ouvrière du complot ; et, se frappant le front :

— Je veux lui parler, lui arracher des aveux, s'écria Yves. Oui, ce soir même, dussé-je l'attendre toute la nuit, je le saisirai au passage.

La maison habitée par Olivier formait l'angle de l'avenue de l'Alma et de la rue Vernet. De cette rue, on en dominait en plein l'entrée. M. de Kervannec s'y embusqua et demeura immobile, les yeux fixés sur la porte par laquelle devait sortir le cousin d'Eva.

L'honorable sir Williams Sanderley était d'humeur charmante. La perspective d'une soirée à passer aux Folies-Marigny, en joyeuse société, amenait sur ses lèvres un sourire, et, en entrant chez Mme de Kervannec, il ne remarqua même pas le visage effaré de la soubrette Angèle. En familier de la maison, il pénétra dans la salle à manger dont la porte était restée entre-bâillée.

— Je suis en retard, chère amie, dit-il. Il faut me pardonner. Mais quoi?..... Vous n'êtes pas encore habillée?

Il s'arrêta anxieux. Cédant, en effet, à une réaction nerveuse, Eva s'était affaissée sur un fauteuil, et pâle, les traits contractés, les yeux fermés, semblait près de perdre connaissance. A la vue de Sanderley, elle se redressa :

— Ah! Williams, si vous saviez!..... balbutia-t-elle.

— Expliquez-vous? dit l'Américain.

— Olivier est arrêté!

— Arrêté? Où? Comment? Depuis quand?

— Je n'en sais rien. Il a déjeuné ici comme d'habitude ; puis il est parti, et son frère vient de m'apprendre son arrestation.

— Ah! c'est le député Kervannec qui sort d'ici? Je ne l'avais pas reconnu.

— Oui, c'est lui, Williams ; maintenant, tout est fini entre moi et les Bretons. Je les hais tous, Olivier comme les autres, et je me vengerai d'eux!

— Ma chère amie, il y a temps pour tout, repartit flegmatiquement Sanderley. Nous nous occuperons plus tard de vos querelles de ménage. Quel est le motif de l'arrestation du capitaine?

— On l'accuse de haute trahison, je crois. Mais, que nous importe?

Et Eva se mit à parcourir la chambre comme une lionne enfermée dans une cage trop étroite. Williams frappa du pied avec impatience.

— Oh! les femmes! s'écria-t-il. Impossible de raisonner avec elles. Cette arrestation est non seulement désastreuse pour notre service d'information, mais aussi peut entraîner pour nous les plus graves conséquences.

— Mes précautions sont prises, répondit Eva.

— Avez-vous détruit mes lettres? Songez-y bien, Eva ; le moindre indice peut nous perdre.

— Ah! puisque vous tremblez ainsi, dit Eva, je vais vous les remettre, ces lettres.

— Donnez! Donnez! La situation est grave. Déjà, l'autre semaine, on nous a tracassés au sujet de la fourniture des godillots de Vannes. Grâce à nos amis de la Loge, nous avons paré le coup. Aujourd'hui, le danger renaît sous une autre forme.....

— Mais, s'il en est ainsi, reprit Mme de Kervannec, ne serait-il pas prudent de quitter Paris?

— Certainement.

— Mais où aller?

— A New-York, parbleu!

— Vous en parlez à votre aise. Il faut arrêter le passage sur le paquebot, gagner le Havre. Tout cela demande du temps.

— Au contraire, Eva. Les circonstances nous favorisent. C'est aujourd'hui vendredi. A minuit 45, le train spécial de la Compagnie Transatlantique quitte la gare Saint-Lazare. A 6 heures, nous nous embarquons au Havre, à 8 heures demain, nous serons en pleine mer.

— Diable! dit Mme de Kervannec, votre projet me tente assez. Seulement, il est déjà près de 9 heures.....

— Vous avez parfaitement le temps de faire vos préparatifs et de vous rendre à la gare. Moi, je cours rue Blanche me débarrasser de

certains documents dangereux. Nous nous retrouverons au train.....
Ah! avez-vous de l'argent?

— Soyez tranquille. J'ai dans mon chiffonnier 150 à 200.000 francs
de valeurs de Bourse. Je les emporterai.

— C'est parfait. Donnez-moi vos lettres. Je les détruirai avec les
papiers qui sont chez moi. Dépêchons-nous.....

Mme de Kervannec, suivie de Williams, entra aussitôt dans sa
chambre à coucher. Ouvrant le chiffonnier, elle fit jouer le ressort
d'un tiroir secret et en tira une petite clé d'acier et une liasse de
lettres.

— Emportez tout cela, dit-elle en plaçant ces objets dans un petit
sac de cuir noir. Veillez bien aussi, chez vous, à détruire toutes nos
correspondances, et à minuit gare Saint-Lazare.

— Oui. Vous n'emmenez que votre fille. Inutile de s'embarrasser de
domestiques.

— Lucy? Ah! tiens! c'est vrai ; je l'avais oubliée..... Mais je la
laisse à Paris. Les enfants sont insupportables en voyage.....

— Il faut emmener Lucy, interrompit impérieusement Williams.

— Par exemple, voilà une singulière fantaisie!

— Olivier adore sa fille, et, la sachant près de vous, il n'osera pas
vous attaquer.

— Vous êtes un homme de génie, Williams, et vous pensez à tout.
D'ailleurs, Lucy est ma fille, à moi aussi, et ce sera une jouissance de
l'élever conformément à mes principes.

— A bientôt, ma chère.

M. Sanderley serra la main de la jeune femme et sortit, son petit
sac à la main. Arrivé dans l'avenue, il regarda autour de lui. A cette
heure tardive, il n'aperçut aucun fiacre à proximité.

— Je vais aller prendre le tramway à l'Etoile, se dit-il.

Il s'engagea dans la rue Vernet et remonta à grands pas l'avenue
Marceau. Soudain, une main se posa sur son épaule.

— Monsieur Sanderley, un mot, je vous prie, dit une voix.

Il se retourna vivement. A la lueur d'un réverbère, il reconnut Yves
de Kervannec.

— Je ne vous connais pas ; vous vous trompez ; passez votre chemin, balbutia-t-il tout en continuant sa marche hâtive.

— Non, je ne me trompe pas. Je vous attends depuis une heure,
à la porte de ma belle-sœur, Mme de Kervannec.

— Je ne vous fais pas compliment de cet espionnage, Monsieur,
repartit l'Américain. En tout cas, je suis pressé en ce moment. Si
vous avez quelque communication à me faire, venez demain à mon
cabinet, rue Blanche.

— Non, ce né sera pas demain, c'est à l'instant même que vous
allez me fournir les preuves de l'innocence de mon malheureux frère!
s'écria M. de Kervannec avec véhémence.

M. Sanderley eut un éclat de rire.

— Ah! ça, vous rêvez, dit-il. Eva m'a, en effet, appris l'arrestation
de son mari. C'est très regrettable, mais cela ne me regarde en aucune
façon.

— Si, si, vous êtes le principal instigateur.

— Ah! finissez, s'écria Sanderley. Si vous avez perdu la raison, je ne puis, moi, m'arrêter aux divagations d'un fou. Laissez-moi.

Tout en discutant, les deux hommes étaient arrivés au point de jonction des lignes de tramway. A cet instant précis, un des lourds véhicules était arrêté et un employé criait : En voiture! En voiture!

Williams, par une brusque secousse, se dégagea et sauta sur le marchepied du tramway. Mais Yves de Kervannec le ressaisit et, l'attirant violemment en arrière :

— Ah! misérable escroc! s'écria-t-il. Tu veux fuir comme à la Grande-Marnière. Mais, cette fois, tu ne m'échapperas pas!

Sanderley glissa sur le marchepied et les deux hommes roulèrent ensemble sur la chaussée. D'un bond, Yves se releva. Williams voulut en faire autant, mais il retomba sur le sol en poussant un cri.

— Tonnerre! s'exclama-t-il. J'ai la jambe cassée! Je suis perdu!

Un peu confus des suites inattendues de cette altercation, M. de Kervannec se rapprocha de l'Américain, et, avec plus de douceur :

— Pourquoi m'avoir refusé une explication? lui dit-il. Vous voici forcé maintenant de m'écouter. Voyons, un peu de courage. Relevez-vous. Je vais vous aider.....

Et, se baissant, il voulut prendre le sac que Sanderley avait lâché. Mais celui-ci, se traînant sur le sol, le lui arracha des mains.

— Rendez-moi ce sac, hurlait-il. Il est à moi! personne n'y touchera..... non, non, personne..... Oh! que je souffre!

Un rassemblement se formait. Un gardien de la paix fendit la foule et se pencha sur le blessé.

— Que s'est-il passé? D'abord, comment vous nommez-vous? lui demanda-t-il.

— Je ne veux pas le dire. Cela ne regarde personne..... Ah! mon sac! Laissez-le..... Vous voulez, vous aussi, prendre mes papiers! Eh bien! vous ne les aurez pas..... Non, non, non.....

Ces mots furent un trait de lumière pour Yves. Devant l'obstination de Williams à cacher son nom, et surtout à retenir le sac, il devenait évident que les preuves de la culpabilité du traître étaient là, dans ce sac même. Cette conviction rendit à M. de Kervannec sa pleine indépendance d'esprit. Aussitôt, s'adressant au gardien de la paix :

— Je vais, si vous le voulez bien, vous donner les explications que vous demandez, lui dit-il. Monsieur se nomme Williams Sanderley et demeure rue Blanche, n° 24.

— C'est faux! s'écria Sanderley.

— J'avais une discussion avec ce Monsieur, continua Yves. Il a cherché à m'échapper en sautant dans un tramway. Je l'ai tiré trop brusquement, et nous sommes tombés tous deux sur la chaussée.

— Le récit de Monsieur est exact en tous points, dit un employé des tramways en s'approchant.

— Le plus pressé serait de faire porter cet homme à l'hôpital, continua Yves. Du reste, je suis prêt à donner toutes mes explications devant qui de droit. Voici ma carte.

Le gardien de la paix, en lisant le nom du député, s'inclina.

— Voudriez-vous, Monsieur, demanda-t-il, renouveler votre déclaration devant le commissaire de police?

— Parfaitement. Mais ce blessé, qu'allez-vous en faire?

— Ah! laissez-moi. Je ne vous demande rien, murmura Sanderley, d'une voix lamentable.

— Nous allons le transporter au bureau de police, ici tout près, dit le gardien de la paix. Une voiture d'ambulance le conduira ensuite à l'hôpital.

Bientôt l'on étendit Williams sur une civière. Dès que les porteurs se mirent en marche, il poussa de sourds gémissements, mais n'en continuait pas moins à serrer dans sa main crispée l'anse du petit sac noir. Le cortège arriva dix minutes plus tard à destination, et le commissaire reçut les dépositions de l'employé de tramways, du gardien de la paix et d'Yves de Kervannec. Quant à Williams Sanderley, il se retrancha dans un mutisme absolu.

— Cependant, Monsieur, fit observer le commissaire, pourquoi cacher ainsi votre nom et votre état civil?

— J'ai mes raisons, répliqua Williams.

— Eh bien! moi, je vais vous les faire connaître, ces raisons, reprit M. de Kervannec d'une voix ferme. M. Sanderley est inculpé dans une poursuite en escroquerie. En second lieu, il sera également impliqué dans une autre affaire bien plus grave encore et que je vous révélerai à vous seul, Monsieur le commissaire. A ce double titre, la saisie des documents dont M. Sanderley est porteur s'impose.....

— Ah! canaille! ah! brigand! s'exclama Sanderley en proie à un nouvel accès de fureur. Tu parles d'espionnage et de trahison, et toi, que fais-tu en ce moment? Est-ce assez lâche de profiter de mon impuissance pour me perdre?

— Mais, reprit le commissaire, si les accusations de M. de Kervannec sont fausses, vous n'avez rien à craindre.

— Je ne décline, à cet égard, aucune responsabilité, Monsieur le commissaire, dit Yves. Si vous voulez m'entendre en particulier, vous comprendrez la gravité de la situation.

Un mouvement de Williams lui coupa la parole. Se jetant au bas du brancard sur lequel il était étendu, il venait de lancer le sac dans le poêle rempli de coke incandescent. Mais un gardien de la paix, saisissant le crochet destiné à attiser le feu, retira le sac avant qu'il eût pu subir une détérioration appréciable. Cette fois, le commissaire perdit patience.

— Maintenant, Monsieur, dit-il sévèrement, je me vois forcé de saisir ces papiers.

Et, ouvrant une porte intérieure, il se retourna vers M. de Kervannec.

— Venez dans mon cabinet, Monsieur, continua-t-il.

Yves suivit le commissaire, et, la rougeur au front, des larmes dans les yeux, il raconta l'arrestation de son frère et les soupçons qu'il avait conçus sur Sanderley. L'officier de police l'écoutait attentivement. Quand il eut terminé son récit :

— Je comprends vos souffrances, Monsieur, dit-il. Toutefois, vous n'alléguez rien de bien précis contre ce Williams Sanderley, et, sans son attitude maladroite et inexplicable, je ne vois pas pour quel motif je demanderais son arrestation.

— C'est vrai, Monsieur le commissaire, répondit M. de Kervannec. Moi-même, j'obéissais à une intuition instinctive en attaquant cet homme, et je n'avais pas de certitudes matérielles. Mais cette certitude, nous devrons la trouver dans l'examen des papiers.

Le commissaire réfléchissait.

— Cette affaire n'est pas aussi simple que cela, dit-il enfin. D'abord, il y aura certainement conflit entre la justice civile et la justice militaire. Le cas du capitaine de Kervannec rentre dans la juridiction du Conseil de guerre. Sanderley ne peut être passible que de la Cour d'assises ou de la police correctionnelle. Réellement, je ne crois pas avoir le droit de prendre connaissance de ces documents.....

— Enfin, Monsieur le commissaire, que prétendez-vous faire? demanda Yves anxieux. Je vous le répète, j'accepte toutes les responsabilités de la plainte que je formule en ce moment devant vous.....

— Attendez..... Voici, je crois, un moyen de tout concilier, s'écria l'officier de police. Nous allons rédiger un procès-verbal de tout ce qui s'est passé ce soir. Quant à ce fameux sac, nous ne l'ouvrirons pas ici. Je le mets simplement sous scellés, puis je l'expédie demain matin, au Parquet, avec le procès-verbal.

— Très bien, Monsieur le commissaire. Seulement, je désire que l'ouverture du sac ait lieu en ma présence.

— Je vous comprends parfaitement. M. le procureur de la République se rend à son cabinet vers 1 heure. Trouvez-vous au Palais de Justice à l'instant de son arrivée.

— Comptez sur moi et merci de votre bienveillance, Monsieur le commissaire.

Ils repassèrent tous deux dans la salle d'attente, mais Sanderley n'y était plus. Pendant l'entretien d'Yves de Kervannec et de l'officier de police, la voiture d'ambulance était venue chercher le blessé pour le conduire à l'hôpital Beaujon.

— Son départ modifie-t-il notre plan de conduite? demanda M. de Kervannec.

— Non. Il eût refusé de signer le procès-verbal, répliqua le commissaire. Je vais immédiatement le rédiger. Dans une heure, notre opération sera terminée.


XVI


Une femme portant la coiffe du Morbihan traversait d'un pas rapide le pont de la Concorde, gagnait la rue de Bourgogne et sonnait à la porte de l'hôtel de Kervannec.

Malgré l'heure matinale, une fenêtre s'ouvrit au premier étage, et le visage pâli de Marie de Kervannec parut au balcon.

— Ah! Catherine! dit-elle surprise. Attendez-moi, je descends.

Presque aussitôt, Mme de Kervannec introduisait la Bretonne.

— Ma pauvre Catherine, dit Marie, que venez-vous nous apprendre?

— Ah! Madame! si vous saviez! Ma chère petite Lucy.....

— Vous m'effrayez..... Qu'y a-t-il encore?

— Elle est partie, Madame. Sa mère l'a enlevée. Nous ne la reverrons plus.

Et la pauvre fille éclata en sanglots.

— Mais où est-elle? Mme Olivier a donc quitté la maison? demanda Marie.

— Oui, Madame. C'est encore un coup du Sanderley. Ah! en voilà un qui a fait du mal chez nous.

— Catherine, expliquez-vous.

Marie n'acheva pas, la porte du salon s'ouvrait et Yves de Kervannec apparut sur le seuil.

— Déjà levé, mon ami, lui dit affectueusement sa femme. Après les pénibles émotions d'hier, tu dois cependant être brisé de fatigue.

— Je me reposerai plus tard, ma bonne Marie. D'ailleurs, j'ai reconnu la voix de Catherine et je voulais savoir quelle nouvelle elle nous apportait.

— Une nouvelle fâcheuse. Eva s'est enfuie en emmenant sa fille. Ce sera un chagrin de plus pour ce malheureux Olivier.

A son insu, sans doute, une nuance de reproche se glissait dans la réponse de Mme de Kervannec. Son mari lui dit avec un triste sourire :

— Je ne pouvais, à aucun titre, enlever Lucy à sa mère. Sois tranquille, du reste ; nous ferons valoir, en temps utile, les droits d'Olivier sur son enfant. Savez-vous où va ma belle-sœur, Catherine?

— En Amérique, je crois, Monsieur, répondit la servante. M. Sanderley part avec elle ; ils ont dû se retrouver à minuit, gare Saint-Lazare.

— Ah! le misérable! murmura Yves d'une voix sourde. Enfin, pour celui-là, la Providence s'est chargée du règlement de compte.

— C'est lui qui a décidé Madame à emmener Lucy, reprit Catherine. Mon Dieu! mon Dieu! va-t-elle la rendre malheureuse là-bas!

— Et Lucy, que disait-elle? demanda Mme de Kervannec.

— Elle ne voulait pas partir. Sa mère lui a dit pour la décider que son père les attendait au Havre..... Angèle avait entendu tout ce qui s'était dit entre Madame, M. Yves et ce Sanderley, et elle avait déjà eu le temps de me le raconter. J'ai supplié alors Madame de me laisser Lucy. Elle s'est emportée, m'a chassée, puis elle s'est aperçue que l'heure s'avançait. Alors, elle a envoyé le garçon chercher une voiture et ne s'est plus occupée de moi. Mais, dame! elle a quand même emmené la petite.

— Ma bonne Catherine, dit Marie de Kervannec, vous n'avez pas besoin de chercher de place. Vous viendrez avec nous, et je vous demanderai seulement de reporter sur mes petits enfants un peu de l'affection que vous aviez vouée à Lucy.

— Oh! merci, Madame, répondit la Bretonne avec une profonde émotion. Vous êtes bonne, et, à coup sûr, je serai plus heureuse chez vous que chez cette Américaine de malheur..... Mais jamais, jamais, je n'oublierai Lucy. Songez donc! je l'ai élevée comme ma fille, car jamais sa mère ne s'en occupait.

— Vous la reverrez bientôt, Catherine, reprit M. de Kervannec..... Mais, pour le moment, un devoir plus impérieux me réclame..... Avant de songer à la fille, il faut sauver le père.....

— Tu vas sans doute essayer de le voir? demanda Marie.

— Tout d'abord, je vais chez M. de Lagrenée..... Si je ne rentrais pas déjeuner, Marie, ne te tourmente pas de moi.

— Mais tu vas tomber malade, Yves, dit la jeune femme tristement. Déjà, hier, tu n'as pas dîné.....

— Je prendrai un repas en route. J'ai engagé une grosse partie et je ne dois rien négliger pour la gagner.

Il embrassa sa femme et sortit. Il atteignit bientôt l'avenue de La Bourdonnais où demeurait le colonel de Lagrenée.

Il n'était guère plus de 8 heures, et le domestique qui vint ouvrir la porte à Yves lui dit non sans surprise :

— Mais, Monsieur, le colonel ne pourra pas vous recevoir ; il n'est même pas levé.....

— Portez-lui ma carte, interrompit Yves.

— Oui, oui, je suis visible pour vous, cria une voix. Entrez par ici, cher Monsieur. Vous me permettrez bien d'achever ma toilette tout en causant.

Le valet de chambre introduisit M. de Kervannec dans une chambre à coucher où le colonel de Lagrenée en bras de chemise, la figure barbouillée de savon, achevait de se raser.

— J'ai reconnu votre voix, Monsieur de Kervannec, reprit le vieil officier en tendant la main à Yves.

— Je ne me serais pas permis de venir vous déranger à cette heure matinale, sans la gravité des circonstances, mon colonel. Olivier a été arrêté hier soir.

Le colonel se leva comme mû par un ressort.

— Que m'apprenez-vous là? s'écria-t-il. Les traductions françaises des documents saisis à Berlin ne devaient être remises à Bardel qu'aujourd'hui et il m'avait promis de les attendre avant d'agir.

— Je ne puis vous donner aucun détail, mon colonel. J'ai appris l'horrible nouvelle à 6 heures, hier soir. Depuis, je ne suis pas resté inactif. Pourtant, je me débats un peu dans le vide et je suis venu vous demander un supplément de renseignements.

— Mais je ne connais rien autre chose, mon ami. Mon vieux camarade Bardel m'avait fait part des soupçons pesant sur votre frère. Voilà tout.

— Colonel, je vous en prie, aidez-moi! supplia Yves. La Providence m'a permis, hier soir, de faire arrêter Sanderley.....

— Ah! c'est bon, cela, interrompit M. de Lagrenée.

— A midi, je dois aller au Parquet. Qu'y ferai-je? Qu'y dirai-je? Oh! c'est à en devenir fou! repartit M. de Kervannec.

— Mon cher ami, en ce moment, je ne puis faire qu'une chose : vous conduire chez le colonel Bardel. Il a dû interroger votre frère.

Comment et dans quelles conditions le capitaine a-t-il été incarcéré?
Nous allons le savoir. J'achève de m'habiller et dans cinq minutes
nous partons.

— Oh! merci, mon colonel. Si vous connaissiez toute l'étendue du
malheur d'Olivier, vous comprendriez mon angoisse.

— Mais, à propos, votre belle-sœur, que dit-elle de tout cela?
L'avez-vous vue? demanda M. de Lagrenée tout en passant sa redingote.

— Oui. Elle va réclamer le divorce et, en ce moment, elle s'em-
barque pour New-York.

Le colonel laissa échapper un juron.

— Et dire que c'est moi qui ai fourré Olivier dans les griffes de
pareils coquins! dit-il. Oh! vous avez raison. Il faut le sauver! Je suis
prêt ; partons vite.

Ils hélèrent un fiacre et, cinq minutes plus tard, s'arrêtèrent devant
une maison de la rue Saint-Dominique.

Le commissaire du gouvernement près le Conseil de guerre se préparait à se rendre à son bureau. Lorsqu'on lui apprit que le colonel
de Lagrenée demandait à le voir, il eut un mouvement de mauvaise
humeur.

— Faites entrer, dit-il cependant.

Le vieil officier pénétra dans un cabinet de travail, suivi de M. de
Kervannec. Le colonel Bardel attacha sur le député un regard inter-
rogateur.

— Mon cher Maurice, dit M. de Lagrenée sans autre préambule, je
te présente mon ami, M. de Kervannec, député du Morbihan.

— Sans vous connaître, je vous devinais, Monsieur, répondit le
colonel Bardel.

— Oh! mon colonel, dit Yves très ému, parlez-moi d'abord de mon
frère. Il doit tant souffrir!..... et il est innocent.

— Hier, Monsieur, j'eusse sans doute ri de votre assertion, répliqua
le colonel. Après son interrogatoire, je suis moins affirmatif.....

— Il devait être atterré, reprit Yves.

— Mais tu as agi, permets-moi de te le dire, Maurice, avec une
véritable précipitation, fit remarquer M. de Lagrenée. Tu m'avais
promis que rien ne se déciderait cette semaine.

— Mon cher, les traductions m'ont été remises hier matin et je ne
pouvais, en conscience, attendre davantage.

Et le commissaire instructeur raconta longuement les événements
de la veille. M. de Kervannec l'écouta avec attention et prit ensuite la
parole.

— Je vous remercie de vos renseignements, mon colonel, dit-il ;
vous ne pouviez, en effet, agir autrement, et les apparences accusaient
mon malheureux frère. Aujourd'hui, la situation va peut-être se modi-
fier. D'abord, Sanderley est arrêté.

— Ah! s'écria le colonel Bardel, j'en suis bien heureux, car cet
homme me paraît la cheville ouvrière de l'horrible trame.

— La Providence est visiblement intervenue, mon colonel, et, certes, si nous arrivons à prouver la culpabilité de ce Sanderley, on pourra dire qu'il s'est enferré lui-même.

Et M. de Kervannec fit, à son tour, aux deux officiers le récit des incidents auxquels il s'était trouvé mêlé. Il n'omit ni son altercation avec Eva, ni sa rencontre avec Sanderley, ni l'accident de la place de l'Étoile, ni l'arrestation de l'Américain, ni même la visite matinale de Catherine venant l'avertir de la fuite de Mme de Kervannec.

— Parbleu! dit M. de Lagrenée avec une sourde colère, tout s'explique maintenant. Sanderley et sa complice ont livré les pièces saisies à Berlin..... Se voyant découverts, ils ont voulu s'enfuir ensemble, mais l'un des deux, du moins, n'échappera pas au châtiment.....

— Est-ce bien certain? répliqua le colonel Bardel.

— Oh! colonel, douteriez-vous donc encore de l'innocence d'Olivier? demanda Yves.

— Non, Monsieur. Mais encore faut-il que nous produisions des preuves palpables.

— Ces preuves sont dans le sac envoyé au Parquet, interrompit M. de Lagrenée. Olivier se tirera d'affaire.

— Oui, si l'on nous permet de voir le contenu de ce sac.....

— Par exemple, il serait étrange qu'un magistrat empêchât la lumière de se faire, s'écria M. de Lagrenée.

— Mon pauvre Charles, tu raisonnes en vieux soldat. Mes fonctions auprès du Conseil de guerre m'ont permis d'étudier de près ce vilain monde de la chicane, et j'ai peur, moi aussi, de ce conflit entre la justice militaire et la justice civile.

— Je partage vos craintes, mon colonel, reprit Yves. Une circonstance fortuite toute personnelle me fait croire que Sanderley jouit de certaine immunité devant les tribunaux.

— Parbleu! c'est le chef d'une des plus puissantes Loges de Paris.

— Mais c'est affreux! s'écria M. de Lagrenée. Il n'y a plus de justice, alors.

— Oh! calme-toi, Charles, interrompit le colonel Bardel. Nous ne laisserons pas le champ complètement libre aux enfants de la Veuve, et, certes, le capitaine de Kervannec peut me compter désormais parmi ses plus dévoués défenseurs. D'abord, je vous accompagne tantôt au Parquet.

— Mon colonel, je n'osais vous le demander, dit Yves. J'ai omis aussi de vous parler d'une autre question : est-ce que la plainte en escroquerie, formée par l'officier d'administration de la garnison de Vannes contre la maison Sanderley, Juppenheimer et Cⁱᵉ, ne pourrait pas servir d'entrée en matière?

— Si, probablement. Maintenant, quel est l'avocat de votre frère? Il serait bon qu'il nous assistât dès aujourd'hui.

— Je n'y avais pas songé, répondit Yves. Peut-être faudrait-il consulter Olivier à ce sujet.

— Impossible, nous n'avons pas le temps. Il est déjà plus de 10 heures. Votre frère s'en rapportera bien à vous.

— Pauvre Olivier! dit Yves avec un profond soupir. J'aurais tant désiré lui porter ce matin un mot de consolation!.....

— Pas de sensiblerie inutile, mon cher Monsieur, répliqua le colonel Bardel. Vous faites, en ce moment, de meilleure besogne en cherchant le moyen pratique de sauver votre frère. Si vous y tenez, mettez-lui un mot sur une carte de visite, puis partez au galop à la recherche d'un membre du barreau. A 1 heure moins un quart, nous nous retrouverons au Palais de Justice, salle des Pas Perdus.

— Mon colonel, je ne saurais trop vous remercier.

— Il n'y a pas de quoi. Hier, j'ai été un peu vite en besogne, répondit le commissaire du gouvernement, et je veux remettre les choses au point. D'ailleurs, il est trop juste que les braves gens fassent contre les coquins une alliance offensive et défensive.

## XVII

M. Aristide Vilquin, substitut près le tribunal civil de la Seine, était un esprit fin, délié, insinuant, ayant surtout du flair pour deviner de quel côté soufflait le vent de la faveur.

Aussitôt après sa nomination de substitut près d'un tribunal de quatrième classe, il se hâta de se faire affilier à une Loge maçonnique de la région et en devint l'un des membres les plus actifs. Deux ans plus tard, il fut nommé substitut au tribunal civil de la Seine, obtenant ainsi, à trente-trois ans, un poste envié par des magistrats blanchis sous le harnais.

Il était donc appelé aux plus hautes destinées. Il rêvait même d'un de ces procès retentissants, faisant époque dans les annales judiciaires, où il jouerait, lui, Aristide Vilquin, un rôle prépondérant, ce qui lui permettrait d'escalader encore d'un seul coup trois ou quatre degrés dans la hiérarchie.

Tel était le personnage devant qui allaient paraître Yves de Kervannec et ses amis, le procureur de la République et son premier substitut se trouvant alors en congé.

Yves de Kervannec avait choisi, comme conseil de son frère, Mᵉ Louis Tréville, l'un des avocats les plus éloquents du barreau parisien, et qui, l'année précédente, avait été nommé député de la Seine. Malgré les difficultés d'une mission ainsi proposée à l'improviste, Mᵉ Tréville n'avait pas hésité à répondre à l'appel d'un collègue.

M. Aristide Vilquin aperçut sur la table une large enveloppe placée à côté d'un petit sac de cuir scellé de gros cachets de cire rouge.

— Qu'est-ce que cela? demanda-t-il au secrétaire du Parquet.

— Un gardien de la paix a apporté ce sac et ce paquet de la part du commissaire du VIIIᵉ, Monsieur le substitut, répondit l'employé. Il m'a dit qu'un député, M. de Kervannec, je crois, voudrait tantôt vous parler à ce sujet.

— Bien. Je vais toujours lire le procès-verbal en attendant, répliqua le substitut.

Il brisa le cachet de l'enveloppe et commença sa lecture. Presque aussitôt, on frappa un léger coup.

— Entrez, dit Aristide.

Le secrétaire reparut et remettant trois cartes de visite au magistrat :

— Ces messieurs prient Monsieur le substitut de vouloir bien les
recevoir, dit-il.

— De Kervannec, colonel Bardel, Louis Tréville, lut à mi-voix
M. Vilquin. Ces messieurs ne sont pas tous ensemble?

— Pardon, Monsieur le substitut.

— Tiens! c'est étrange..... Faites entrer.

Le secrétaire s'effaça et introduisit Yves et ses amis. Ce fut le
colonel Bardel qui prit le premier la parole.

— Nous venons auprès de vous, Monsieur le substitut, pour une
affaire de la plus haute gravité. Un officier d'une réelle valeur, le
capitaine de Kervannec, a été arrêté hier sous le coup d'une très
grave accusation. Il résulte de divers incidents, que vous connaissez
sans doute déjà, qu'un sieur Sanderley, arrêté aussi, hier soir, place
de l'Etoile, est compromis dans la même affaire. Nous venons donc
vous prier de vouloir bien nous donner communication des pièces saisies sur cet individu.

Au nom de Sanderley, Aristide Vilquin avait relevé la tête d'un air
surpris.

— J'ignore tout à fait ce que vous voulez dire, Messieurs, répondit-
il. Je connais à la vérité un M. Sanderley ; c'est même un de mes
amis.

— Alors, ce n'est sûrement pas le malfaiteur dont je vous parle,
repartit le colonel en souriant. Il y a similitude de noms simplement.

— Me permettriez-vous, Monsieur le substitut, ajouta Yves dont la
voix tremblait. Les documents en question sont dans ce sac, et vous
trouverez tous les renseignements sur l'arrestation de Sanderley dans
le procès-verbal que j'ai signé moi-même, hier soir, au commissariat.

— Ah! très bien, Monsieur, repartit le magistrat. J'étais au bal,
cette nuit, et je suis venu tard au Parquet. Vous voudrez bien me
laisser le temps de prendre connaissance de ce procès-verbal.

— Parfaitement, Monsieur le substitut. Nous vous attendrons tout
le temps nécessaire, dit le colonel en s'installant sur sa chaise.

— Mais..... ce sera un peu long. Il vaudrait mieux revenir demain,
reprit Aristide.

M⁹ Tréville prit à son tour la parole :

— Oh! pardon, Monsieur le substitut, dit-il en souriant, mais mon
client, incarcéré au Cherche-Midi, n'a pas passé une nuit bien gaie,
lui! Vous ne voudriez pas prolonger inutilement son supplice.

Le substitut était perplexe. Il avait devant lui des adversaires poli-
tiques, mais leur position sociale lui imposait certains ménagements.
Il fit donc contre fortune bon cœur et commença sa lecture. Bientôt,
reposant le cahier sur la table, il se retourna vers Yves de Kervannec :

— De cette lecture, Monsieur, dit-il froidement, j'ai déjà tiré une
conclusion. Vous avez usé d'une violence inqualifiable envers un très
honorable citoyen, car M. Sanderley est un des commerçants les
mieux cotés de la place de Paris. Le commissaire du VIIIᵉ ne me

semble pas du tout lui-même, mais pas du tout, avoir fait son devoir dans la circonstance.

Yves de Kervannec retrouva toute son énergie.

— Avant tout, Monsieur le substitut, dit-il, avant tout, Sanderley devra se laver de la double accusation qui pèse sur lui.

— La double accusation!..... Que voulez-vous dire?

— Voici d'abord une plainte en escroquerie formulée par l'officier d'administration de Vannes contre Sanderley et Cie, pour fournitures de chaussures défectueuses à la garnison.

— Peuh! J'ai déjà entendu parler de cette affaire, dit Aristide Vilquin. Des calomnies..... Passons à autre chose.

— Je vous enverrai ce soir même les spécimens de ces chaussures, Monsieur le substitut, répliqua M. de Kervannec.

— Est-ce donc à propos des bottes que vous vous êtes acharné à la poursuite de ce pauvre Sanderley?

Et M. Vilquin se renversa sur son fauteuil en riant aux éclats. Yves allait répliquer. D'un geste, Me Tréville l'arrêta :

— Je crois, en effet, Monsieur le substitut, dit-il, que nous laissons la discussion s'égarer loin du but. La plainte en escroquerie formulée contre Sanderley repose sur des données certaines. Voilà un point acquis. Maintenant, occupons-nous de mon client, le capitaine de Kervannec. Il est accusé d'avoir vendu à l'Allemagne des documents importants. Or, M. Sanderley a habité longtemps Berlin. Il avait ses grandes et petites entrées dans la maison du capitaine de Kervannec..... C'est pourquoi, pour obtenir un peu de lumière, je vous prie de vouloir bien examiner les documents trouvés en la possession de Sanderley.

— Mais pourquoi voulez-vous que ces papiers aient rapport à l'affaire?

— Sanderley, à l'instant de son arrestation, sortait de chez Mme de Kervannec.

— Qu'est-ce qui le prouve? demanda Aristide.

— Mon témoignage, Monsieur, repartit Yves de Kervannec d'une voix ferme. En outre, Sanderley devait se retrouver avec Mme Olivier de Kervannec sur le paquebot *la Champagne*, à destination de New-York.

— Comment savez-vous tout cela?

— Je l'ai appris ce matin par la domestique de mon frère.

— Vous accusez presque Mme de Kervannec de complicité avec un homme inculpé, suivant vous, de haute trahison ; ceci n'est guère chevaleresque.

— C'est possible, Monsieur le substitut. Mais, comme vous le disait à l'instant Me Tréville, nous cherchons avant tout la vérité.

Le commissaire instructeur près le Conseil de Guerre eut un geste d'impatience.

— Enfin, Monsieur le substitut, dit-il, suivant moi, l'examen de ces papiers s'impose.

— Comment! colonel, vous m'engageriez à commettre un tel abus de pouvoir? Est-ce que la procédure militaire permettrait l'emploi de semblables moyens d'instruction? Nous autres, nous y regardons à deux fois avant de violer les plus respectables secrets de famille.

— Dois-je en conclure, Monsieur le substitut, que vous refusez d'ouvrir ce sac? dit M⁰ Tréville en se levant. Si telle est votre intention.....

Il y eut un instant de silence embarrassé entre les interlocuteurs. Puis, tout à coup, M. Vilquin saisit le sac, et coupant les cordes :

— Après tout, Messieurs, puisque vous y tenez tant, dit-il, nous allons les examiner, ces fameux papiers. M. Sanderley est bien au-dessus de toutes les accusations imaginées contre lui.

Et, d'un geste nerveux, Aristide retourna le sac ouvert et en vida le contenu sur le bureau. Un paquet de lettres, une petite clé d'acier et cinq ou six cartes de visite s'en échappèrent. L'une de ces cartes vint tomber sous les yeux d'Yves.

— Madame O. de Kervannec, lut-il à haute voix. Vous le voyez, Monsieur le substitut, ce sac sort réellement de chez ma belle-sœur.

De son côté, le colonel Bardel avait saisi la clé et la considérait minutieusement.

— Où donc ai-je vu cette clé? murmura-t-il. Ah! j'y suis. La pareille est au greffe du Conseil de guerre. Le capitaine de Kervannec, en me la remettant, m'a dit lui-même que c'était la clé de son bureau particulier de l'avenue de l'Alma.

— Donc, Sanderley avait une double clé du meuble, reprit Yves. Olivier était-il assez trompé?

M. Aristide Vilquin regarda le député breton de travers.

— Vous feriez mieux, Monsieur, dans l'intérêt même de votre frère, de vous dispenser de ces suppositions et inductions, dit-il.

— Ces lettres vont, sans doute, nous donner des renseignements plus précis, repartit M⁰ Tréville très calme.

— Mais non ; elles sont écrites en anglais, dit le substitut qui parcourait du regard les minces feuillets remis la veille par Eva à l'Américain.

— Ah! et quelles sont les signatures?

— Il n'y en a qu'une : W. Sanderley, ou bien W. S. Mais c'est la même écriture. Voyez plutôt :

Et le substitut montra complaisamment deux ou trois lettres à M⁰ Tréville.

— Mais je puis traduire l'anglais, dit Yves.

— Oh! Monsieur, vous êtes trop directement intéressé dans la question pour que je vous charge de ce soin, repartit le magistrat.

— Vous ne doutez pas, cependant, de ma bonne foi, gronda Yves.

De nouveau, M⁰ Tréville intervint :

— L'observation de M. le substitut est juste, mon cher collègue, dit-il. La traduction de ces documents doit être faite par une personne absolument indépendante. Sans lire aussi couramment l'anglais que M. de Kervannec, je connais assez cette langue pour pouvoir vérifier sa traduction, si M. Vilquin veut bien me le permettre. De cette façon, nous saurons de suite à quoi nous en tenir.

— Ce ne sera pas trop tôt, dit le colonel Bardel. Si le Sanderley est innocent, tant mieux pour lui. Voilà vraiment trop longtemps que nous nous occupons de ce personnage.

Sous son apparente bonhomie, le vieux soldat dissimulait à peine un sourire narquois, qui échappa heureusement à la perspicacité du substitut. Celui-ci espéra en finir de suite et dit d'un ton dégagé :

— Je n'ai rien à vous refuser, Messieurs. J'attends la lecture de M. de Kervannec.

Il se renversa dans son fauteuil. Yves prit les lettres. Toutes, elles commençaient par la formule invariable : *Very dear Eva*. Il en lut deux d'abord dont le texte était absolument insignifiant. Une certaine expression de désappointement se lisait déjà sur le visage de M° Tréville. En revanche, un sourire moqueur revenait se jouer sur les lèvres d'Aristide Vilquin.

— Jusqu'ici, ces fameux documents ne paraissent pas bien importants, dit-il négligemment.

— Voici une troisième lettre plus longue et peut-être plus intéressante. Elle est datée du 4 mai dernier.

Et il commença sa lecture.

« Ma chère Eva,

« En rentrant chez moi, hier soir, j'ai trouvé, en effet, les deux rapports fortifications et canon. Merci mille fois. Je les ai expédiés immédiatement à Stoffer pour calmer son impatience. D'ici quelque temps, nous allons suspendre nos envois. La nomination du député Kervannec est un grave échec pour nous. Sa présence continuelle à Paris nous oblige à une extrême prudence. S'il soupçonnait la vérité, il mettrait Olivier sur ses gardes, et, alors, nous serions perdus, vous surtout, Eva qui, la première, supporteriez tout le poids de la colère du capitaine.

» Forcé de m'absenter encore pendant huit à dix jours, je vous envoie ce billet que vous brûlerez de suite. »

Le colonel bondit, et, interrompant la lecture d'Yves :

— Ah! nous cherchions le traître! Le voilà! Nous le tenons, s'écria-t-il d'une voix éclatante.

Aristide Vilquin ne riait plus.

— Oh! oui, votre frère est sauvé, dit l'avocat. Nous ne pouvions espérer une preuve aussi convaincante.

— Messieurs, permettez, reprit le substitut ; vous allez vite en besogne..... D'abord, cette traduction n'est pas officielle. Ensuite, nous n'avons même pas procédé à l'interrogatoire de Sanderley.....

Et se retournant vers M. Bardel :

— Vous m'avez entraîné dans une véritable impasse, colonel.

Il arpentait fiévreusement le cabinet, en proie à une véritable surexcitation. Ce fut encore M° Tréville qui se chargea de remettre les choses au point.

— Pourquoi cette agitation, Monsieur le substitut? dit-il tranquillement. Nous n'avons rien fait là d'illégal.

Aristide le regarda, rageur.

— Vous moquez-vous de moi? demanda-t-il.

— Dieu m'en garde, Monsieur le substitut, répliqua l'avocat. Ensemble, nous cherchions la vérité et la lumière. Nous avons réussi. Inutile même maintenant de prendre connaissance des autres lettres du dossier. Celle-ci suffit amplement. Il ne nous reste qu'à constater le résultat de nos investigations par un procès-verbal.

Atterré, confus, Aristide Vilquin fit retentir un timbre.

— Faites venir Durand, dit-il au garçon de bureau.

Quelques instants plus tard, le secrétaire du Parquet se mettait à l'œuvre. M. Aristide Vilquin dictait le travail, mais à plusieurs reprises, Mᵉ Tréville et le colonel Bardel rectifièrent certaines assertions, de façon à établir l'exactitude des faits. Enfin, le procès-verbal terminé fut revêtu de la signature de tous les assistants et joint aux lettres de l'Américain dûment cotées et paraphées.

— Maintenant, Monsieur le substitut, dit le colonel, je crois devoir vous prier de me permettre d'emporter ces pièces pour les joindre à mon dossier. Vous voudrez bien aussi m'indiquer le jour et l'heure où je pourrai aller, conjointement avec le juge d'instruction, à l'hôpital Beaujon, procéder à l'interrogatoire de Williams Sanderley.

— Avant de fixer ce rendez-vous, nous devons nous enquérir de l'état de santé de ce malheureux. Il faudra bien, d'ailleurs, qu'il choisisse, lui aussi, un avocat, repartit le substitut.

— C'est trop juste. Il a même besoin d'en trouver un très bon.

Aristide ne trouvait plus rien à objecter aux prétentions du commissaire du gouvernement près le Conseil de guerre, et il regarda d'un œil mélancolique le dossier si terrible pour son ami Williams Sanderley s'enfouir dans la vaste serviette de maroquin noir du colonel. Puis les trois hommes prirent congé de l'infortuné substitut.


XVIII


Combien elle fut longue et cruelle pour Olivier de Kervannec, la première nuit passée à la prison du Cherche-Midi!

Certes, les prédictions faites par sa mère à l'instant de son mariage avec Eva Jenner s'étaient réalisées.

Olivier et Eva représentaient deux races absolument dissemblables. Le descendant de la vieille famille bretonne, où tous les sentiments nobles et élevés avaient toujours été en honneur pouvait-il sympathiser longtemps avec la fille d'un Yankee attaché exclusivement au culte des biens matériels et d'une juive issue elle-même d'un des anciens ghettos?.....

Comment Eva avait-elle consenti à trahir en même temps son mari et sa patrie d'adoption, en livrant ainsi à Sanderley les renseignements qu'elle pouvait dérober à Olivier sur les travaux concernant la défense nationale?

Sanderley avait traité d'abord la chose très légèrement, sans paraître y attacher d'importance.

— Je ne puis m'adresser à Olivier, disait-il. Il pousse le scrupule à l'excès. Vous, ma chère Eva, vous n'êtes point tenue à la même discrétion, puisque vous n'êtes même pas Française. Ainsi, je compte sur votre bonne amitié.

Et, peu à peu, Eva en était venue à lui dévoiler tous les secrets de son mari.

Et maintenant, seul dans l'étroite cellule où l'on venait de l'enfermer, le capitaine de Kervannec repassait dans son esprit les tristes années de son mariage.

C'était donc vrai! Lui, le loyal et fier soldat, il était accusé de haute trahison, et il avait vu de ses yeux les pièces saisies là-bas, chez les ennemis de la patrie!

Mais qui avait pu commettre ce crime?

Et, à cette question, deux noms écrits en lettres de feu semblaient danser une ronde infernale dans le cerveau enfiévré du malheureux officier : Sanderley, Eva!

— Et c'est pour cette femme que j'ai brisé le cœur de Madeleine Guihéneuf, contristé ma mère et toute ma famille! murmura l'officier.

A cette pensée, des larmes brûlantes jaillirent de ses yeux. Sa mère, son frère, qu'allaient-ils dire? Qu'allaient-ils penser, lorsqu'ils connaîtraient l'horrible vérité?

Dans le silence de la nuit, Olivier éprouvait une cruelle impression de vide, d'abandon. Mais, malgré les agitations, les défaillances de ces dernières années, l'officier breton avait conservé dans le fond de son âme les principes inculqués par des parents chrétiens, et, de même qu'une toute petite étoile dans la nuit noire indique au navigateur le chemin du port, de même cette lueur de la foi religieuse, toute vacillante qu'elle fût, devint pour le pauvre désespéré le phare du salut.

— Non, se dit-il, il ne faut pas me laisser aller au désespoir ; je dois me défendre jusqu'au bout.....

Son frère allait-il entendre l'appel qu'il lui avait adressé, quelques heures plus tôt, dans le cabinet du colonel Bardel? En tout cas, sa missive n'avait pu parvenir rue de Bourgogne qu'à une heure tardive de la soirée. Il ne fallait point s'étonner alors de n'avoir encore rien reçu de ce côté.....

Cependant, 8 heures, 9 heures sonnèrent, et rien ne vint troubler la solitude du prisonnier. Un gardien parut enfin, apportant une tasse de café noir et un petit pain.

— Vous devez avoir faim, mon capitaine, dit-il en entrant dans la cellule. A tout hasard, j'apporte du café. Si vous désirez autre chose, faut le dire..... Mais, comment, vous n'avez pas dîné? Ça, mon capitaine, ce n'est pas raisonnable, foi d'Eusèbe Flanchard!.....

Ce loquace gardien était un vieux soldat retraité, et son cri de reproche lui était parti du cœur à la vue d'une assiette contenant intacts une portion de viande et un gros morceau de pain, déposée la veille au soir sur la table du prisonnier.

— Je n'ai aucun appétit, mon brave, répondit Olivier. Dites-moi, il n'est venu aucun message à mon adresse?

— Non, capitaine. Mais, voyons, ne laissez pas refroidir votre café. Faut de la philosophie, voyez-vous, dans la vie. Je ne sais pas pourquoi vous êtes ici, mais, foi d'Eusèbe Flanchard, vous avez l'air d'un bon enfant.

— Je vous en prie, reprit M. de Kervannec, si vous recevez quelque chose pour moi, faites-le-moi savoir immédiatement.

— Si vous voulez que je vous obéisse, faut que vous me promettiez de vous forcer à manger.

— Eh bien! soit. Tenez, je m'y mets de suite.

Et cédant moitié aux instances du brave geôlier, moitié à une sensation très réelle d'épuisement, Olivier égrena quelques miettes de pain dans le café et réussit à les avaler.

— A la bonne heure, dit Flanchard. A présent, comptez sur moi.

Il sortit. Une demi-heure plus tard, il reparaissait, une enveloppe à la main.

— On vient d'apporter ça, mon capitaine, avec ordre de vous le remettre immédiatement, dit-il.

Il se retira aussitôt. Olivier déchira l'enveloppe. Elle contenait une simple carte de visite au nom d'Yves de Kervannec, avec ces mots ajoutés au crayon :

« Courage, frère. Je te verrai le plus tôt possible et je travaille pour te sauver. »

Ces quelques paroles apportèrent un peu de baume au cœur meurtri d'Olivier. Alors seulement il essaya de réfléchir, de coordonner ses idées. Il lui fallait réunir tous les indices de nature à prouver son innocence. D'ailleurs, le colonel Bardel lui avait dit qu'il subirait, ce jour-là même, un nouvel interrogatoire.

Mais la journée se passa sans rien apporter de nouveau.

— Si ma détention devait se prolonger ainsi seulement huit jours, se disait-il, je mourrais ou je deviendrais fou.

Soudain, un bruit de pas se fit entendre dans le long corridor. La clé grinça dans la serrure de la cellule ; la porte s'ouvrit, et Flanchard, s'effaçant, laissa pénétrer deux visiteurs en disant respectueusement :

— Entrez, Monsieur et Madame.

— Yves! Marie! s'écria Olivier en se levant d'un bond. Vous! vous!

Son frère et sa belle-sœur pouvaient à peine articuler une parole.

— Chère sœur, reprit l'officier, comme vous êtes bonne d'être venue! Oh! dites-moi que vous ne me croyez pas coupable!....

— Je ne l'ai jamais cru, Olivier, même avant d'avoir la preuve de votre innocence, à plus forte raison maintenant.

— Que dites-vous? interrompit le capitaine. Serais-je justifié aux yeux de mes chefs?

— La proclamation de ton innocence complète n'est plus qu'une question de temps, reprit Yves. Nous te raconterons cela en route, car nous venons te chercher.

— Libre!..... Quoi! je serais libre? s'écria l'officier haletant.

— Pas tout à fait, repartit Marie en souriant. Nous avons obtenu seulement un changement de prison. Venez vite ; franchement, la rue de Bourgogne est moins glaciale que votre Cherche-Midi.

Olivier suivit docilement M. et Mme Yves. Les formalités de levée d'écrou furent vite remplies, et les deux frères et Marie de Kervannec montèrent dans la voiture qui les attendait.

En quittant le Palais de Justice, Yves était rentré chez lui avec le colonel Bardel et Mᵉ Tréville. Ils avaient retrouvé M. de Lagrenée, qui avait passé la plus grande partie de la journée auprès de Marie de Kervannec.

Les nouvelles apportées par le député breton et ses amis étaient aussi consolantes que possible, mais le colonel de Lagrenée et surtout Marie de Kervannec soulevèrent aussitôt la grave question de la mise en liberté immédiate du prisonnier. Le colonel Bardel fit d'abord la sourde oreille.

— Allons, Maurice, un bon mouvement, dit M. de Lagrenée à son ami. Tu dois avoir à cœur, maintenant, d'épargner au capitaine de nouvelles souffrances.

— Oui, mais il doit rester à la disposition de la justice jusqu'à nouvel ordre.

Et, se tournant vers Mme de Kervannec :

— Vous chargeriez-vous de la garde de ce prisonnier, Madame? continua-t-il.

— Certainement, colonel.

Yves et Mᵉ Tréville joignirent leurs instances à celles de Marie et du vieux colonel, et l'ordre d'élargissement fut bientôt signé. Et voilà comment Olivier rentrait dîner rue de Bourgogne, au lieu de rester seul dans sa lugubre prison.

Alors le député commença le récit des événements qui s'étaient précipités d'une façon si étrange depuis vingt-quatre heures. Il glissa toutefois sur son altercation avec Eva. Olivier s'aperçut de cette lacune et l'interrogea à ce sujet :

— Tu as vu ma femme? Comment as-tu été accueilli? Pourquoi vous, si bons tous deux, n'avez-vous pas amené Eva ici, ce soir? Pourquoi ne parlez-vous même pas de la faire prévenir de mon retour?

Yves et Marie se regardèrent, un peu embarrassés. Ce fut Mme de Kervannec qui répondit la première :

— Votre femme a jugé prudent de partir dès hier soir pour New-York.

Une sourde exclamation jaillit des lèvres d'Olivier.

— C'est digne d'elle, murmura-t-il. Elle ne sera jamais l'amie du malheur, celle-là!..... Mais mon enfant..... Lucy, où est-elle?

— Hélas! Eva a emmené sa fille en Amérique.

Olivier se leva, comme mû par un ressort.

— Oh! non, non, s'écria-t-il, je ne peux pas lui laisser mon enfant. Elle la corromprait..... Elle en ferait une femme sans cœur et sans principes comme elle!

— Mon ami, reprit Yves, à chaque jour suffit sa peine. En ce moment, nous ne devons songer qu'à ton affaire personnelle.

<h2 style="text-align:center">XIX</h2>

Eva avait certainement éprouvé une déception lorsque, arrivée à la gare Saint-Lazare, elle n'y avait point aperçu son cousin Sanderley. Mais l'heure pressait. Très probablement Williams était au nombre des voyageurs déjà installés dans les wagons, et ils se retrouveraient au Havre. Elle n'eut que le temps de sauter avec Lucy dans un compartiment de première classe, à l'instant où le train se mettait en marche. Au Havre seulement elle constata l'absence définitive de Williams.

— Après tout, se dit-elle, il me rejoindra à New-York huit jours plus tard.

Et prenant philosophiquement son parti de l'aventure, elle chercha à passer le mieux possible le temps de la traversée, tout en maugréant contre l'étrange idée qu'avait eue Williams de l'obliger à s'embarrasser de sa fille. Eva lui avait assuré que son père les attendait. Mais lorsque la fillette se fut bien convaincue que M. de Kervannec n'était point à bord, elle se laissa aller au plus violent désespoir.

— Je veux m'en aller, disait-elle à sa mère. Tu m'as trompée. Papa n'est point parti avec nous. Va-t'en en Amérique si tu veux. toi! Moi, je retournerai à Paris, avec papa et avec Catherine.

Elle pleura, jeta des cris perçants et se roula sur le pont. Ces scènes se renouvelèrent plusieurs fois; puis le chagrin de l'enfant sembla s'épuiser par sa violence même. Enfin, la traversée s'acheva et Eva poussa un soupir de soulagement en mettant le pied sur le sol américain.

— Ici, je ne crains rien ni personne dit-elle avec un regard de défi.

— Je ne vois pas papa, disait plaintivement Lucy en ce même instant. Tu m'avais dit, maman, qu'il avait dû arriver avant nous à New-York.

Cette fois, Mme de Kervannec perdit patience.

— Écoute une bonne fois ce que je te dis, prononça-t-elle d'une voix sifflante. Ne me parle plus de ton père, car tu ne le reverras jamais, jamais. Tu m'entends!

— Comment! dit Lucy atterrée, nous ne reverrons point papa? Mais où donc est-il?

— Il n'a pas quitté Paris, et nous, nous resterons toujours à New-York.

— Je ne veux pas! s'écria Lucy avec un nouvel accès de colère. Je retournerai à Paris. J'irai à mon catéchisme à Saint-Pierre de Chaillot, avec Catherine.....

— Ton catéchisme! ah! ah! ah! riposta Eva avec un rire sardonique. Fais-en ton deuil, ma petite, car tu n'y remettras pas les pieds, ni à Saint-Pierre ni ailleurs.

— Je n'irai plus au catéchisme? Mais alors, comment ferai-je ma première Communion? demanda la fillette consternée.

— Pas de première Communion! pas de catéchisme! s'écria Mme de Kervannec. Ici, tu n'es plus catholique. Tu seras désormais juive, oui, juive, juive.....

— Eh bien! non, répliqua Lucy résolument. Catherine m'a dit qu'il valait mieux mourir que de perdre sa religion. Aussi je resterai catholique malgré toi, maman.

— Oh! je te forcerai bien à m'obéir!

— Non, non, non, affirma l'enfant.

Eva se hâta d'appeler un cab afin de se faire conduire à son ancien domicile.

Samuel Cahen achevait de déjeuner. Le domestique introduisit au salon Mme de Kervannec et sa fille et rentra dans la salle à manger pour dire à son maître :

— Il y a une dame et une petite fille.....

— Ne vous dérangez pas, mon oncle : c'est moi, cria Eva, entrant sans façon derrière le serviteur.

A la vue de sa nièce, Samuel Cahen faillit tomber à la renverse.

— Dieu d'Israël, d'où sors-tu? s'écria-t-il.

— De Paris, cher oncle, et je viens vous demander l'hospitalité pour moi et pour ma fille.

— Tu es ruinée, alors? dit le vieillard avec anxiété. Je me suis toujours douté que ton mari était un prodigue.

Eva haussa les épaules.

— Cela ne prouve pas en faveur de votre perspicacité, dit-elle. Olivier a toutes les vertus d'un sage et économe père de famille, mais..... mais.....

— Mais quoi? Explique-toi! dit Samuel avec impatience.

— Mais nous ne pouvons plus nous entendre, voilà tout. Aussi, je suis décidée à recourir au divorce.

— Diable! c'est grave, cela. Williams est-il au courant de tes projets?

— Parfaitement. Il devait venir avec moi. Je ne sais ce qui l'a empêché de partir au dernier moment, mais il me rejoindra sûrement la semaine prochaine.

— Tout cela s'est donc décidé à la vapeur? Dans son dernier courrier, Sanderley me disait que tout allait bien à Paris?

— Il est survenu des événements graves depuis lors. Je vous raconterai cela. Seulement, je vous ferai observer, cher et digne oncle, que nous mourons de faim, Lucy et moi.

— Comment donc! Je te demande pardon de ma distraction.

Samuel Cahen paraissait médiocrement content de cette invasion, et sa perplexité fut grande lorsque Eva lui apprit l'arrestation d'Olivier et les causes réelles de son brusque départ. Il s'alarmait aussi beaucoup de la défection subite de Sanderley.

— Il était trop compromis pour ne pas fuir au plus vite, disait-il. Il a dû être retenu pour une cause grave.

— Bah! répondait Eva avec indifférence. Il est assez prudent pour avoir pris ses précautions en attendant le départ du paquebot suivant. À cette heure, soyez-en sûr, il navigue en plein océan.

Mais le lundi suivant, Williams n'arriva pas et une lettre de M. Hermann Stoffer, datée de Berlin, vint confirmer toutes les craintes de Samuel.

« C'est une véritable catastrophe, écrivait le banquier berlinois. Notre agence de Paris est en plein désarroi. Juppenheimer est en fuite, sous le coup d'une accusation d'escroquerie. Ce pauvre Sanderley a été moins heureux encore. A la suite d'une rixe avec un frère du capitaine de Kervannec, il a fait une chute terrible et s'est fracturé la jambe en deux endroits. Mais le plus grave, c'est que, dans la bagarre, il a perdu des papiers importants. Alors, on l'a mis en état d'arrestation, tandis qu'on délivrait le capitaine incarcéré précédemment sous l'inculpation d'espionnage et de haute trahison. Grâce à l'influence de l'*Alliance israélite*, Williams sera certainement sauvé, mais notre service de renseignements va se trouver complètement désorganisé. »

— Vois-tu, Eva, quand je te le disais, murmura Samuel.

— Je devine ce qui s'est passé, répondit Mme de Kervannec un peu troublée. Yves a guetté Williams lorsqu'il est parti de chez moi..... Oh! ces Bretons! ils ne sont pas faciles à dompter!..... Mais combien je regrette de n'avoir pas brûlé les lettres!.....

— Seraient-ce les papiers saisis qui ont motivé l'arrestation de Williams?

— Hélas! j'en ai grand peur.

— Mais, alors, tu vas être compromise, toi aussi?

— C'est probable..... Après tout, peu m'importe. Tout est désormais fini entre moi et M. de Kervannec. Je pensais commencer, dès cette semaine, les démarches nécessaires pour obtenir le divorce, mais il sera prudent d'attendre un peu.

— En ce moment, il ne faut rien faire de nature à attirer l'attention sur toi, s'empressa de répondre Samuel.

Mme de Kervannec s'étonnait de ne pas recevoir de nouvelles directes de Williams Sanderley. Elle trouva l'explication de ce silence anormal dans les journaux français qui racontaient les événements.

Du reste, Eva constata avec une réelle satisfaction que les allusions au rôle joué par elle ne la compromettaient pas.

Pour elle, le succès seul faisait hausser le thermomètre de ses sentiments sympathiques. Sanderley se trouvait, en définitive, le vaincu du moment..... Si même Eva avait voulu sonder le fond de sa conscience, elle eût peut-être découvert que, loin de la désoler, la mort de son cousin lui eût plutôt causé une sorte de soulagement.

Moins d'un mois après son retour à New-York, Mme de Kervannec retrouva deux ou trois amies appartenant à cette société cosmopolite fréquentée par elle à Paris. Ces dames lui firent le plus charmant accueil, et Eva, enchantée, se lança de nouveau dans le tourbillon des plaisirs.

Un sport était précisément en vogue pour le moment à New-York. Les femmes élégantes avaient pris goût à l'automobilisme, et elles se faisaient gloire de conduire les véhicules modern-style aussi bien que les meilleurs mécaniciens.

L'équitation avait eu longtemps les préférences d'Eva. Puis elle s'était passionnée pour la bicyclette.

La course vertigineuse des automobiles devait lui plaire encore davantage, et bientôt elle conquit une place distinguée parmi les conductrices.

Et Lucy, que devenait-elle au milieu de cette agitation perpétuelle?

La vie de la pauvrette n'était pas gaie. Pour elle, sa mère était presque une étrangère. Eva la traitait avec une telle dureté que l'oncle Samuel, fort peu sensible cependant de son naturel, ne put s'empêcher de lui en faire l'observation.

— On prend plus de mouches avec du miel qu'avec du vinaigre, lui disait-il un jour. Tu finiras par te faire détester de Lucy.

— Est-ce ma faute? La stupide Bretonne Catherine l'a fanatisée. Croiriez-vous qu'elle m'a fait hier une scène en pleine rue, de façon à ameuter les passants, parce que je voulais la mener à la synagogue.

— Eh bien! pour venir à bout d'une nature aussi rebelle, la violence ne vaut rien, repartit le vieillard.

Bientôt, Eva crut avoir trouvé le moyen de tout concilier en s'assurant les services de la jeune fille d'un rabbin israélite, miss Rébecca Schwob, qui, moyennant un salaire convenable, accepta les fonctions de gouvernante-institutrice de Lucy. Mais la pauvre fille rencontra chez son élève une résistance obstinée.

— Vous m'ennuyez, disait Lucy. D'abord, j'aimais ma bonne Catherine. Jamais je n'irai à votre église. Je veux rester catholique pour faire ma première Communion.

Et à chaque fois que l'infortunée Rébecca cherchait à entraîner la fillette à la synagogue, elle devait affronter une véritable scène de cris et de larmes. Alors, de guerre lasse, elle se voyait forcée de céder à l'enfant.

— Mais, Mademoiselle, pourquoi vous entêtez-vous ainsi? lui dit-elle un jour. Votre mère ne veut pas que vous restiez catholique. Vous serez donc obligée de vivre comme un petit chien?

— Je ferai comme maman, alors, répondit l'enfant terrible. Elle ne va bien jamais à l'église, elle! Mais, d'ailleurs, Miss, ça ne durera pas longtemps comme ça, allez! Papa viendra me chercher. Il me remmènera à Paris et je serais catholique comme lui.

Bientôt, dans cette petite cervelle, germèrent des pensées de révolte et de ruse. Un jour, elle prit une grande résolution.

On était au commencement d'avril. Profitant d'un beau soleil, Mme de Kervannec et ses amies organisèrent une excursion en automobile. Son absence devait durer deux jours. Aussitôt après son départ, miss Rébecca Schwob dit à Lucy :

— Ma chère petite, une de mes tantes de Philadelphie vient passer quelques jours chez mon père. Voulez-vous venir avec moi ? Nous déjeunerons avec mes parents.

— Je ne connais point vos parents, répondit la fillette, et je n'irai pas les ennuyer. Mais allez-y toute seule, Miss, si ça vous fait plaisir.

— Je ne peux pas, mignonne, Madame me gronderait si je vous laissais seule.

— Maman ne le saura pas, et je vous promets d'être bien sage, bien sage pendant votre absence.

Rébecca ne se fit pas trop prier. Elle ne se doutait guère des intentions de son élève.

Celle-ci, aussitôt après la sortie de la gouvernante, se glissa dans le cabinet de l'oncle Samuel. Les deux domestiques chinois étant occupés, Lucy se trouvait complètement libre.

Elle s'installa au bureau, prit une feuille de papier et, d'une écriture tremblée, mais lisible, traça les lignes suivantes :

« Cher papa, viens vite me chercher car je suis bien malheureuse ici. Maman veut que je devienne juive, mais ça n'arrivera pas, et je ferai ma première Communion quand tu m'auras ramenée à Paris. Et puis, je voudrais bien t'embrasser ainsi que Catherine que j'aime autant que je déteste cette vilaine Rébecca. Viens vite, viens vite, papa. Tu nous trouveras dans une maison où maman a demeuré étant petite. Ta Lucy qui t'aime bien. »

Son épître achevée, l'enfant la glissa dans une grande enveloppe, et de sa plus belle écriture elle mit l'adresse :

« Monsieur de Kervannec, officier, avenue de l'Alma, Paris. »

Alors, tout doucement, elle gagna la porte d'entrée de l'hôtel et se glissa dans l'avenue. Filant comme une petite souris effarouchée le long des maisons, Lucy prit une rue adjacente et entra dans un magasin de mercerie et de papeterie, où elle s'arrêtait de temps en temps avec miss Schwob.

— Madame, dit-elle à la maîtresse de l'établissement, je voudrais bien mettre une lettre à la poste. Comment faire ?

— C'est facile, Mademoiselle, répondit la commerçante. Nous avons une boîte à deux pas d'ici. Votre lettre est-elle affranchie ?

— Non, mais voici de l'argent, répondit fièrement Lucy en tirant un porte-monnaie de sa poche.

Prenant un timbre dans un tiroir, l'obligeante mercière le colla elle-même sur la lettre, et, appelant une jeune servante :

— Betsy, dit-elle, allez avec Mademoiselle jeter cette lettre à la poste, puis vous la reconduirez jusque chez elle.

Lucy, radieuse, vit enfin sa missive entrer dans l'ouverture béante de la boîte aux lettres, et, quelques instants plus tard, elle sonnait à la porte de l'hôtel. Le domestique qui vint ouvrir lui dit :

— Ah! Mademoiselle, quelle pour vous nous avez faite. Nous vous cherchions partout. Où étiez-vous donc?

— J'avais besoin de papier, répondit l'enfant, et je suis allée en chercher, voilà tout.

Les deux Chinois se tinrent pour satisfaits de l'explication.

Et alors Lucy de Kervannec attendit les événements.

## XX

L'élargissement d'Olivier délivrait la famille de Kervannec et le prisonnier lui-même des angoisses les plus poignantes. Mais l'ère des difficultés n'était pas terminée pour cela.

Sanderley resta pendant plusieurs semaines dans un état de santé qui entravait les opérations judiciaires. Il s'était brisé le col du fémur, et une fièvre continuelle ne permettait même pas, assurait-on, de procéder à son interrogatoire. Flairant quelques subterfuges, le colonel Bardel et son ami, M. de Lagrenée, se rendirent un jour incognito à l'hôpital Beaujon, pour s'enquérir de l'état réel du prisonnier. Ils en revinrent avec la conviction qu'on exagérait singulièrement la gravité du mal.

M° Tréville avait appris, par les bruits de couloir du Palais de Justice, que l'infortuné Aristide Vilquin avait été fort malmené en haut lieu, pour n'avoir pas su mieux se défendre contre..... les empiétements de la justice militaire. Le substitut du Tribunal civil de la Seine éprouva même bientôt d'une manière tangible l'effet de ces rancunes, car, dans le courant de février, il fut nommé procureur de la République à Draguignan.

Le procès relatif à l'escroquerie de Vannes, ne marchait pas plus vite. En quittant Paris, M. Juppenheimer avait eu soin de vider la caisse des bureaux de la rue Blanche, et il s'en était suivi une débâcle de plusieurs millions. On procéda alors à l'apposition des scellés sur tous les meubles et effets garnissant l'appartement particulier de M. Sanderley. Mais on se garda bien de convoquer, pour cette opération, l'autorité militaire. En apprenant cet étrange procédé, le colonel Bardel eut peine à contenir son indignation.

— C'est un véritable déni de justice! s'écriait-il. Si nous n'avions pas la lettre de ce Sanderley, jamais le capitaine de Kervannec n'aurait pu arriver à prouver son innocence.

— Ajoutez même qu'il a fallu l'inexpérience et la vanité de ce Vilquin pour que nous tirions parti de cette circonstance favorable, reprit M° Tréville. Enfin, malgré toutes leurs manœuvres, les fils de la Veuve ne pourront mettre complètement la lumière sous le boisseau.

Pendant quelques jours, on avait essayé de cacher à Mme de Kervannec mère la terrible épreuve de son fils. Mais une maladroite visite de condoléances d'une vieille amie de la famille rendit la précaution inutile. Madeleine se décida alors à tout raconter à Mme de

Kervannec qui déclara aussitôt vouloir immédiatement partir pour Paris, où elle arrivait dès le lendemain.

A sa vue, Olivier fut saisi d'un tremblement nerveux. A peine osait-il lever les yeux.

— Oh! mère, mère, disait-il, pourrez-vous me pardonner jamais?

Pour toute réponse, Mme de Kervannec ouvrit ses bras au malheureux officier. Il fut alors convenu que Marie, ses enfants et Catherine retourneraient aux Bruyères, auprès de Madeleine.

— Voyez quel dérangement je vous cause à tous, dit Olivier à sa belle-sœur, le matin de son départ.

— Ne parlez pas ainsi, Olivier, répondit la jeune femme. Ce serait affreux de notre part de vous abandonner dans une si triste circonstance.

— Ma bonne Marie, reprit l'officier avec hésitation, oserais-je vous prier de présenter mes hommages à votre sœur? Comme elle doit me mépriser!.....

— Mon cher Olivier, interrompit Marie, je pourrais vous prouver péremptoirement que Madeleine compatit grandement à vos épreuves.

— Oh! Marie, vous êtes bonne! Certes, j'ai eu des torts immenses envers votre sœur, mais si, du moins, je puis espérer conserver son estime.....

— Eh bien, oui, mon ami, comptez sur Madeleine. Elle vous a pardonné depuis longtemps.

— Merci! Oh! merci! Que ne puis-je effacer ces dix malheureuses années!

Ce dialogue devenait très embarrassant pour Marie. L'entrée de Mme de Kervannec mère vint fort à propos y mettre un terme.

Deux mois s'étaient écoulés depuis l'arrestation d'Olivier. A deux ou trois reprises, il avait été appelé devant le colonel Bardel.

— N'est-ce pas épouvantable de rester ainsi sous le coup d'une pareille suspicion? disait Olivier. Puis, que devient ma pauvre fille là-bas? Comment la réclamer, puisque je ne connais même pas l'adresse de sa mère?

Vers la mi-mars, on apprit que Williams Sanderley était à peu près remis des suites de sa fracture. Un certificat médical attestait que le malade donnait des signes non équivoques d'un dérangement cérébral nécessitant son internement.

— En un mot, c'est un enterrement de première classe, dit le colonel Bardel en rapportant cette nouvelle à Yves. On a cherché et trouvé le moyen de dérober le traître au juste châtiment. Avant six mois d'ici, quand personne ne songera plus à cette affaire, le misérable sera tout simplement remis en liberté.

— Mais Olivier, lui! s'écria M. de Kervannec avec véhémence.

— Nous allons le faire paraître devant le Conseil d'enquête. Ensuite, nous remettrons le dossier à la justice civile pour qu'il soit donné suite à l'instruction contre Sanderley.

Enfin, ce ne fut pas sans une poignante émotion qu'Olivier de Kervannec comparut devant ses pairs. Ses cheveux blanchis, son extrême pâleur, ses traits amaigris le rendaient presque méconnaissable.

Les débats furent très courts. Après quelques paroles du commissaire du gouvernement et du commissaire enquêteur, les membres du Conseil d'enquête rendirent à l'unanimité, en faveur d'Olivier, une ordonnance de non-lieu.

Alors, avec une admirable spontanéité, tous ces vieux soldats entourèrent Olivier et lui serrèrent énergiquement la main.

— Nous avions hâte de vous laver de toute souillure, disaient-ils, car jamais nous n'avons cessé de croire à votre innocence. Aujourd'hui, nous vous demandons pardon de vos longues tribulations.

— Vous ne pouviez agir autrement, répliqua Olivier ému jusqu'aux larmes, et je vous dois la plus vive reconnaissance.

— Et maintenant, quand reprendrez-vous votre service? demanda M. Bardel.

— Mon colonel, puis-je retourner au bureau après ce qui s'est passé. J'ai été odieusement trompé, c'est vrai, mais les traîtres ont trouvé en moi une dupe bien naïve.

— Alors, qu'allez-vous faire?

— Je n'en sais encore rien au juste. J'ai à régler ma situation vis-à-vis de ma femme et de mon enfant, et je vais être obligé probablement de solliciter un congé de six mois.

— Vous semblez assez fatigué physiquement. A tous les points de vue, le repos vous est nécessaire.

Après avoir répondu de leur mieux aux témoignages d'estime dont ils étaient l'objet, Yves et Olivier remontèrent en voiture et se firent conduire au plus proche bureau télégraphique afin d'annoncer la bonne nouvelle aux habitantes des Bruyères. Puis ils se hâtèrent de retourner auprès de Mme de Kervannec, qui les attendait avec une anxiété facile à comprendre.

— Tout est fini, ma bonne mère, lui dit l'officier, grâce à l'énergie et au dévouement d'Yves qui seul, en définitive, a réussi à démasquer les vrais coupables. Hélas! le déshonneur n'en est pas moins entré dans notre famille le jour où j'y ai introduit malgré vous cette étrangère.

— Olivier, reprit la veuve, la femme peut un jour se repentir...

— Ma mère, interrompit vivement Yves de Kervannec, il ne nous est plus permis de nous faire aucune illusion sur le compte d'Eva, et Olivier a l'intérêt de sa fille à sauvegarder.

Mme de Kervannec prit une large enveloppe déposée sur la table.

— Voici une lettre à ton adresse apportée ce matin par le concierge de l'avenue de l'Alma, dit-elle. La personne qui te l'envoie ne doit pas avoir l'habitude d'écrire.

Le capitaine regarda la lettre.

— Le timbre de New-York, murmura-t-il.

D'une main fiévreuse, il déchira l'enveloppe et, jetant les yeux sur la petite feuille:

— Lucy! s'écria-t-il. Oh! ma chère petite fille!

Il parcourut rapidement le billet tracé par l'enfant une dizaine de jours auparavant et, passant le papier à Mme de Kervannec :

— Lisez, mère, dit-il. Vous me direz ensuite si je dois avoir pitié d'Eva.

Yves et la veuve lurent en même temps l'appel désespéré de Lucy.

— Oh! la pauvre petite! dit Mme de Kervannec les yeux humides. Catherine ne se trompait point lorsqu'elle s'alarmait sur son sort.

— Eh bien! à la bonne heure, dit Yves à son tour. Ta fille, mon cher, a le vrai caractère breton. Seulement, les indications pour la retrouver là-bas me semblent bien incomplètes.

— Pas pour moi, répondit Olivier. Eva n'a habité qu'une seule maison à New-York. C'est là où je me rendrai en sortant du paquebot.

— Quoi! reprit Mme de Kervannec avec une certain effroi, tu songes déjà à partir? Tu aurais pourtant grand besoin de soins et surtout de repos.

— Puis-je en avoir, mère, devant cet appel de mon enfant?

Mme de Kervannec baissa la tête sans trouver un mot de réponse.

— Oui, il faut en convenir, le devoir t'appelle là-bas, reprit Yves. Veux-tu que je t'accompagne?

— Non, merci. J'ai déjà trop abusé de ta fraternelle affection. C'est aujourd'hui jeudi. Je partirai demain soir et de dimanche en huit je serai à New-York.....

— Le jour de Pâques, interrompit Mme de Kervannec. A ce moment, nous serons rentrés aux Bruyères, et tous ensemble nous prierons pour toi, pour notre petite Lucy, pour le bon succès de ton voyage.

— Et tu t'arrangeras de façon, poursuivit Yves, à nous revenir avec ta fille à Ploërmel avant la fin des vacances parlementaires.

— Impossible, mon cher, de te répondre affirmativement, dit Olivier avec un triste sourire, car j'ignore quand je pourrai quitter l'Amérique.

— D'ailleurs, ajouta Mme de Kervannec, laissons à la Providence le soin de disposer toutes choses au mieux de nos intérêts.


## XXI


On était au Jeudi-Saint. Lucy de Kervannec était sortie avec un des domestiques chinois pour faire une course dans le voisinage, et ils vinrent à passer devant une chapelle catholique.

— Qu'est-ce que ce monument? demanda Lucy à son guide.

Par un hasard providentiel, ce fils du Céleste Empire avait reçu, dès son enfance, les enseignements catholiques d'un missionnaire français.

— C'est la chapelle Saint-Pierre, dit-il, ces gens-là vont voir le reposoir du Jeudi-Saint.

— Oh! entrons, dit Lucy vivement.

Le domestique suivit docilement la fillette. Celle-ci n'avait pas pénétré dans une église depuis son départ de Paris. La vue de la chapelle, avec son reposoir étincelant de fleurs et de lumières, fit vibrer en elle ses plus chers souvenirs. Elle tomba à genoux, et de son âme jaillit une ardente prière.

— Mon Dieu! Mon Dieu! rendez-moi papa et faites que je reste toujours catholique, disait-elle.

Le domestique fut obligé de lui toucher l'épaule pour la tirer de son extase.

Lucy quitta la chapelle, réconfortée. Elle n'avait à sa disposition aucun livre de prières. Toute la soirée, elle n'en repassa pas moins dans son esprit les pieux récits dont Catherine avait bercé son enfance, et lorsque miss Rébecca Schwob voulut lui indiquer ses leçons pour le lendemain, elle lui répondit d'un air délibéré :

— C'est inutile, Miss. Je n'apprendrai rien et je ne vous parlerai pas demain.

— Ah! pourquoi cela, chère enfant? dit la jeune fille avec une certaine douceur.

— Parce que c'est le Vendredi-Saint.

— Mais, je ne vois pas.....

— C'est ce jour-là que les Juifs ont crucifié le Bon Dieu et je ne veux pas vous parler, parce que vous êtes méchante comme tous les Juifs.....

Devant cette révolte ouverte, l'institutrice jugea utile d'aller raconter à Eva ce qui venait de se passer. Celle-ci entra dans une violente colère.

— Tu vas demander pardon à miss Rébecca tout de suite, dit-elle à sa fille, et tu mangeras du pain sec demain toute la journée.

— Tant mieux, répondit Lucy. Catherine me disait toujours qu'il fallait se priver de quelque chose le jour du Vendredi-Saint.

— Mais c'est épouvantable! s'écria Mme de Kervannec. Une fois, deux fois, veux-tu demander pardon à miss?

— Non, repartit carrément la fillette.

Deux soufflets retentissants s'appliquèrent sur les joues de Lucy.

— Ça m'est égal, dit-elle, les Juifs ont frappé Jésus avant de le faire mourir.

Eva ne sut que répondre. Après un instant de silence, elle reprit d'une voix sifflante :

— Je ne peux pas te tuer pour te faire obéir, mais tu ne bougeras pas d'ici avant d'avoir demandé pardon à ton institutrice.

— Je n'ai pas tort, répliqua Lucy farouche.

— Voyons, ma chère demoiselle, intervint Rébecca, cédez à votre maman. Si vous êtes ainsi privée de sortie, vous tomberez malade.

— Laissez-moi tranquille, vous, riposta l'enfant.

Rébecca s'adressa alors à Mme de Kervannec :

— Je crois, Madame, avoir fait l'impossible pour remplir le mandat que vous m'aviez confié, dit-elle. Je n'ai pas réussi et je ne puis endurer plus longtemps les rebuffades de Mlle Lucy.

Elle sortit, mais à partir de ce moment, Eva accabla Lucy de reproches et d'injures.

Le dimanche de Pâques arriva. Le soleil resplendissait et de nombreux passants endimanchés sillonnaient la cinquième avenue, se rendant, soit au temple anglican, soit à l'église catholique, situés tous deux non loin de l'hôtel Jenner. Lucy, debout dans la salle à manger, le front appuyé aux vitres, considérait ce va-et-vient, car, de par la volonté maternelle, il lui était interdit de prendre sa part de l'allégresse générale en cette solennelle fête de Pâques.

Soudain, un cab s'arrêta devant l'hôtel. Un homme en costume de voyage sauta à terre, et Lucy poussa un grand cri.

— Papa! Papa! Ah! je savais bien qu'il reviendrait!

Et, se précipitant dans le vestibule, elle ouvrit elle-même la porte d'entrée et se jeta dans les bras d'Olivier, à l'instant où celui-ci posait la main sur le bouton de la sonnette.

— Lucy! oh! chère, chère enfant! s'écria l'officier en la couvrant de baisers.

— Oh! papa! tu viens me chercher, n'est-ce pas? Emmène-moi bien vite, bien vite!

— Oui, mon enfant, sois tranquille. Maintenant, nous ne nous quitterons plus.

Au bruit de leurs voix, miss Rébecca Schwob apparut au tournant de l'escalier desservant l'étage.

— Qui demandez-vous, Monsieur? dit-elle avec surprise.

Lucy se retourna.

— Ah! c'est vous, dit-elle. Je ne vous crains plus, à présent. Voilà papa, et il saura bien me défendre contre tout le monde!

Miss Schwob descendit quelques marches. Olivier s'avança vers elle, et, se découvrant avec politesse :

— Mme de Kervannec? demanda-t-il.

— Monsieur, elle doit se trouver à midi au match d'automobiles de Green-Park. En ce moment, elle est à sa toilette.

— Priez-la de se hâter. Je suis M. de Kervannec, répondit Olivier d'un ton bref.

Miss Schwob, évidemment très impressionnée, remonta l'escalier sans rien dire. Lucy entraîna son père dans la salle à manger, et ils commencèrent leur conversation entrecoupée de cent questions dont ils écoutaient à peine les réponses.

Un quart d'heure se passa dans ces épanchements. Le capitaine avait laissé la porte de la salle à manger entr'ouverte. Il épiait les moindres bruits, et, sortant vivement de la pièce, il se trouva en face d'Eva qui cherchait, évidemment, à s'esquiver.

La jeune femme était vêtue d'une jupe courte de cycliste en drap gris et d'une veste de même étoffe. Une casquette assortie emprisonnait les tresses de son opulente chevelure.

A la vue de M. de Kervannec, Eva rougit légèrement. Très calme, Olivier lui dit d'un ton ironique :

— Vous sortiez, Madame ; on ne vous avait donc pas prévenue de ma présence ici?

— Monsieur, je vous demande pardon..... répondit Mme de Kervannec, cherchant toujours à gagner la porte. Un important match d'autos me réclame à Green-Park.

Olivier, passant derrière sa femme, se posa résolument en face d'elle.

— Les prétextes que vous invoquez pour m'échapper me touchent peu, dit-il. Je fais un voyage de deux mille cinq cents lieues pour reprendre ma fille et pour régler nos situations respectives. Il est donc indispensable que vous m'écoutiez.

— Mais, Monsieur, que prétendez-vous? Tout est fini entre nous, reprit Eva dont la voix tremblait.

Les deux époux étaient rentrés dans la salle à manger. Lucy se blottissait derrière son père, et celui-ci lui dit en l'embrassant :

— Mignonne, j'ai à causer avec ta mère. Va m'attendre dans le salon.

— Oh! papa! si tu allais partir sans moi! s'écria l'enfant. Tu sais, comme je te l'ai écrit, je ne veux pas rester ici.....

— Ah! s'exclama Eva, c'est donc toi, malheureuse, qui as prévenu ton père?

— Oui, maman, repartit Lucy. Je ne veux pas devenir juive, moi.....

Mme de Kervannec fronça les sourcils. La fillette s'éclipsa prudemment. Olivier considérait sa femme avec un regard singulier.

— Cette enfant, Madame, ne doit pas entendre ce que j'ai à vous dire ; mais, je le vois, la pauvre petite a pu se rendre compte par elle-même de l'indignité de sa mère.

— Continuez vos injures, Monsieur, repartit Eva. Je suis bien obligée de les supporter, moi, faible femme..... Les Kervannec savent, au besoin, appuyer leurs arguments par la force brutale.

— C'est, en effet, le seul système efficace auprès de certaines gens, Madame. D'ailleurs, pouvez-vous en comprendre d'autres?

— Vraiment, de semblables propos sont étranges dans la bouche d'un homme accusé de haute trahison, dit Eva en riant.

— Ah! taisez-vous, s'écria Olivier exaspéré. Vous osez parler de trahison, vous! Mais votre complice était moins coupable que vous.

— Eh! Monsieur, ni lui ni moi n'étions Français!

— Mais en m'épousant vous deveniez Française..... C'était donc de votre part une abominable action que de voler mes secrets professionnels pour les vendre à l'Allemagne.....

— Merci, Monsieur, reprit Eva. Enfin, vous n'avez pas traversé l'Océan dans le but unique de me gratifier de vos insultes. Laissez-moi donc vous répéter : que prétendez-vous faire?

— D'abord, vous reprendre Lucy.

— A cet égard, nous n'aurons pas de longs débats. Sanderley m'avait engagée à garder ma fille pour vous tenir un peu en haleine dans ce fameux procès de trahison. Cette cause n'existant plus maintenant, je ne tiens pas à conserver près de moi une enfant insupportable. Vous l'emmènerez quand vous voudrez.

— Dès aujourd'hui, Madame. Je veux éviter le scandale d'un débat public. Si vous le voulez, nous nous séparerons à l'amiable. Je vous restituerai toute votre fortune et, de votre côté, vous prendrez l'engagement de ne jamais rentrer en France.

— Ceci, Monsieur, demande réflexion, répondit Eva. Avant de vous répondre, il me faut consulter mon oncle. Mardi, je vous ferai connaître mes intentions.

— Soit, Madame. Je suis descendu à l'Hôtel de France, où je vais rentrer avec Lucy.

— Très bien. La gouvernante vous fera remettre la garde-robe de la petite. Vous vous entendrez avec elle à ce sujet, car je serai absente jusqu'à demain soir. Mais voici 11 heures. Vous m'excuserez, on m'attend à midi à Green-Park. Adieu......

Elle se dirigea de nouveau vers la porte. Arrivée dans le vestibule, elle se retourna :

— Me permettrez-vous de dire un dernier adieu à ma fille? reprit-elle.

Pour toute réponse, Olivier ouvrit la porte du salon.

— Lucy, appela-t-il, viens embrasser ta mère.

La fillette s'avança vers Eva, qui la tint un instant serrée sur son cœur, en proie, malgré tout, à une visible émotion. Puis, s'adressant à son mari :

— Adieu, Olivier, dit-elle. Nous ne nous reverrons jamais, sans doute ; mais si tout est rompu entre nous, nous pouvons nous quitter, du moins, en nous pardonnant nos torts réciproques.

Elle était très pâle en prononçant ces paroles. Le capitaine lui répondit d'une voix grave :

— Malgré tout le mal que vous m'avez fait, Eva, comme chrétien, je vous pardonne.

— Merci, dit Mme de Kervannec d'une voix étouffée.

Et, ouvrant la porte extérieure, elle s'élança au dehors.

*       *       *       *       *       *       *

Une foule nombreuse était réunie à Green-Park, l'une des plus belles promenades de New-York. On y accourait de tous côtés pour assister au départ des automobiles engagées dans le match des dames.

Ce match était le *great event* de la saison pour le *high life* de New-York, où la haute société se passionne toujours pour les nouveautés excentriques. La pensée première de cette course avait été *suggérée* par Eva de Kervannec, et huit automobiles devaient y prendre part.

Le programme comportait une course aller et retour de New-York à Pittsburg, avec repos d'une nuit dans cette dernière ville. Chacune des conductrices était accompagnée d'un mécanicien chargé de veiller à l'entretien et au bon fonctionnement de la machine. Mais la direction proprement dite de l'automobile incombait exclusivement à sa propriétaire.

Il était midi moins dix. Sept de ces dames avaient déjà pris position dans leurs véhicules respectifs, en face de l'entrée de la grand'-route de Pittsburg. De graves gentlemen appartenant à l'Auto-Club de New-York s'étaient chargés de régler le départ et l'arrivée des concurrentes. Eux aussi n'attendaient que le premier coup de midi pour donner le signal du départ.

La quatrième automobile était occupée seulement par le chauffeur, qui donnait les signes d'une vive impatience.

— Est-ce que ta patronne n'est pas arrivée, John? lui demanda le mécanicien de l'équipage voisin.

— Mais non. Je ne sais vraiment pas à quoi elle pense..... Ah! la voilà pourtant!

Un cab, en effet, s'arrêtait. Eva sauta lestement à terre, salua gracieusement le président et les membres du jury et, sans attendre davantage, monta dans son automobile.

— Vous êtes en retard, chère belle. A quoi pensiez-vous donc? demanda de son véhicule une des concurrentes de Mme de Kervannec.

— Ne m'en parlez pas. Une visite inattendue..... Je n'espérais plus arriver à temps.

Eva s'exprimait avec volubilité. Ses joues s'étaient empourprées. Un sourire errait sur ses lèvres, et cependant ses yeux portaient la trace de larmes récentes.

A midi, une cloche sonna. C'était le signal du départ. Le drapeau placé au centre de la tribune s'abaissa. L'automobile n° 1 s'élança sur la route, saluée par les applaudissements et les acclamations enthousiastes de l'assistance.

Les numéros 2 et 3 partirent ensuite, à quelques minutes d'intervalle. Puis, à midi douze, le drapeau s'abaissa pour la quatrième fois, et Eva se mit à son tour en route.

Le numéro 1 disparaissait déjà à l'horizon, mais bientôt il devint évident que Mme de Kervannec allait prendre une notable avance sur ses compagnes. Sa voiture filait avec une rapidité vertigineuse. Deux ou trois volatiles et un mouton, ayant eu la mauvaise chance de se trouver sur son passage, restèrent écrasés au milieu de la route. Elle ne prit pas même garde à la légère secousse imprimée à sa machine par les malheureux animaux, car elle dépassait déjà la voiture n° 3.

Deux milles plus loin, elle rejoignait le numéro 2, obligé d'ailleurs de stopper par suite d'un accident plus fâcheux. Il venait de renverser une vieille femme. La conductrice donnait son nom et son adresse à deux ou trois hommes accourus au secours de la victime et disait avec autorité :

— S'il faut payer quelque chose, vous saurez où me trouver, mais vous n'avez pas le droit de me retarder davantage. En route!

Et cette femme repartit sans même s'enquérir de la gravité des blessures de sa victime. Il fallait surtout regagner les cinq minutes si sottement perdues.

— A présent, sus au numéro 1, dit Eva en accélérant encore la marche de son véhicule.

Maintenant, elle était enivrée par la rapidité de la course.

— Vous pourriez modérer un peu, Madame, dit le mécanicien vaguement inquiet. L'auto de mistress Stanley est très lourde. Nous arriverons sûrement à la dépasser sans même conserver cette dangereuse vitesse.

— Allons donc! je réponds de
C'est charmant, cette allure, au

Quatre milles encore, et elle rejoignait la voiture de mistress Stanley. Désormais, elle tenait la tête. On arrivait au haut d'une longue côte, et le chauffeur crut pouvoir hasarder une autre observation.

— La pente est rapide, Madame, dit-il. Nous faisons en ce moment du quatre-vingt-dix à l'heure. C'est trop. Ralentissez, je vous prie.

— Mais c'est le moment, au contraire, de gagner du terrain, répliqua Eva de plus en plus surexcitée.

Pendant quelques minutes, tout alla bien. On apercevait, à une très petite distance, sur la droite, un groupe de maisonnettes surmonté d'un humble clocher.

— Saint-Patrick, dit Eva. Il est près d'une heure et nous n'avons pas fait soixante milles. Franchement, John, si vous appelez cela bien marcher.....

Et elle accéléra sa vitesse. Au même instant, à une centaine de mètres devant l'auto, une dizaine de vaches débouchèrent d'un petit chemin et, effrayées par le teuf-teuf retentissant, se mirent à courir dans toutes les directions.

— Modérez, Madame, modérez! cria John avec terreur. Lancés comme nous le sommes, si nous heurtons un de ces animaux, nous sommes perdus!

Eva essaya de serrer le frein, mais tout à coup la voiture entra en collision avec une vache. L'animal roula sur le sol, et l'automobile, pivotant sur elle-même, se renversa dans le fossé du côté gauche de la route.

John tomba et demeura sans mouvement, étourdi, meurtri, contusionné, mais n'ayant reçu en somme aucune blessure grave. Il n'en était pas de même d'Eva. Elle gisait maintenant dans le fossé, la partie inférieure du corps engagée sous la voiture, et portant au front une large blessure.

Tout cela s'était accompli en moins d'une minute. La vache blessée poussait des hurlements lamentables. Un homme déboucha à son tour du petit chemin et accourut vers l'animal pantelant en jetant des cris de désespoir.

Ces clameurs attirèrent l'attention des habitants du bourg de Saint-Patrick. Bientôt, plusieurs personnes, hommes et femmes, apparurent de divers côtés et se dirigèrent vers les victimes. A leur tête marchait un vénérable prêtre.

Tandis que quelques hommes relevaient l'automobile pour dégager la malheureuse Eva, d'autres s'empressaient autour de John. Le prêtre se trouvait parmi ces derniers.

— Où souffrez-vous, mon ami? dit-il doucement au chauffeur, qui revenait peu à peu de son étourdissement.

— Je ne sais pas, répondit-il d'une voix faible. Mme de Kervannec est morte, sans doute..... Oh! l'imprudente! Elle n'a pas voulu me croire.....

— Monsieur le Curé, venez vite, cette pauvre femme va mourir, disait en même temps une jeune fille du groupe entourant Eva.

Le prêtre se hâta de répondre à cet appel. Hélas! de la poitrine d'Eva, un faible râle s'échappait encore par intervalle..... Quelques mouvements convulsifs agitaient ses membres et une écume rosée frangeait ses lèvres..... Évidemment, elle luttait contre les dernières affres de l'agonie.....

Le curé, se découvrant, prononça sur ce corps déjà presque inanimé la formule de l'absolution suprême.

. . . . . . . . . . . . . . . . . . . . . . . . .

Le capitaine de Kervannec et Lucy venaient de rentrer à l'*Hôtel de France*, après une assez longue promenade sur les bords de l'Hudson. Il était 4 heures. Olivier installa sa fille près de la fenêtre, dans le salon de l'hôtel, avec un album d'illustrations, et se mit lui-même à écrire à sa mère et à son frère. Un garçon de l'hôtel entr'ouvrit la porte.

— Une dame demande M. de Kervannec. Est-ce vous, Monsieur?

— Oui. Faites entrer, répondit Olivier en se levant.

Miss Rébecca Schwob pénétra dans la pièce. Lucy la regarda avec une sorte de crainte farouche et vint se réfugier auprès de son père.

— Ah! Monsieur, quel malheur! dit, sans autre préambule, l'institutrice. J'ai reçu tout à l'heure ce télégramme. Je l'ai décacheté, comme j'en avais l'autorisation de Mme de Kervannec, et..... lisez!

Olivier déploya le papier que lui tendait Rébecca et lut ces quelques mots :

*Mme de Kervannec blessée mortellement. Venez vite à Saint-Patrick.*

P. JOSEPH.

Le capitaine regarda l'institutrice.

— Que signifie cette dépêche? demanda-t-il.

— Ah! vous ne savez pas, Monsieur..... Madame devait conduire elle-même son automobile pour une grande course à Pittsburg..... Sûrement, il y aura eu collision. M. Cahen lui disait bien, à Madame, de ne pas se livrer à ce sport si dangereux pour une femme.

— Et puis maman allait trop vite, dit Lucy. J'ai voyagé une fois seulement avec elle, en automobile, mais j'ai eu bien peur.

— Où est Saint-Patrick? demanda encore Olivier.

— C'est une petite bourgade située à soixante milles environ de New-York, répondit miss Schwob.

— Peut-on s'y rendre ce soir?

— Oui, il y a des trains d'heure en heure.

— Papa, je vais avec toi! s'écria Lucy en se cramponnant à Olivier.

— Mais, ma pauvre mignonne, je n'aurai pas le temps de m'occuper de toi là-bas.

— Voulez-vous me permettre de vous accompagner? proposa Rébecca. Lucy n'a pas assez confiance en moi pour rester seule ici avec moi.

— Eh bien, Miss, j'accepte, répondit M. de Kervannec.

— Partons de suite, alors, reprit l'institutrice.

Une heure plus tard, M. de Kervannec, Lucy et miss Schwob descendaient à la petite gare de Saint-Patrick. Ils se demandaient quelle était la direction à prendre pour se rendre au bourg, quand le religieux qui le matin s'était porté au secours des victimes de la catastrophe se présenta devant eux.

— Monsieur de Kervannec, dit-il à Olivier, après une aussi longue séparation, j'aurais voulu vous revoir dans une circonstance moins douloureuse.....

— Le P. Joseph! s'écria Olivier frappé de surprise. Quoi! c'est vous qui avez télégraphié à New-York?

— Oui, mon ami. Je suis curé de cette petite paroisse de Saint-Patrick depuis quatre ans. Mais j'ignorais votre retour en Amérique.....

— Je suis arrivé à New-York ce matin même, mon Père.....

— Ah! mon Dieu! Comment cela se fait-il? interrompit le prêtre. Ces dames sont donc avec vous?

— C'est ma fille Lucy et une institutrice placée auprès d'elle par sa mère, répliqua Olivier un peu embarrassé. Mais, mon Père, je vous en prie, donnez-moi des détails sur l'accident..... Mme de Kervannec?.....

— Mon pauvre ami, il vous faut du courage, dit le P. Joseph baissant la voix.

— Ciel! Qu'allez-vous m'apprendre? balbutia l'officier.

— Vous êtes chrétien, continua le prêtre. Vous saurez donc où chercher la force de supporter votre immense douleur.

Le capitaine baissa la tête.

— Eva est morte, murmura-t-il. Pauvre femme! Que Dieu lui pardonne comme je le fais moi-même!

Le religieux regarda son interlocuteur avec étonnement.

— Je ne comprends pas bien votre langage, dit-il. En tout cas, Dieu a été miséricordieux, car j'ai eu le temps de donner l'absolution à Mme de Kervannec.

— Oh! merci, mon Père, reprit Olivier.

Ils étaient arrivés au bourg, et le prêtre conduisit son compatriote dans l'auberge où l'on avait transporté Eva morte et le chauffeur John.

Ce fut avec une profonde émotion que M. de Kervannec s'agenouilla devant le lit où l'on avait déposé le cadavre défiguré de sa jeune femme.

Sur un signe du prêtre, miss Schwob avait d'abord retenu Lucy dans une autre pièce, au rez-de-chaussée. Déjà la fillette appelait son père. Olivier revint bientôt vers elle et lui dit en la serrant sur son cœur :

— Ce matin, mon enfant, tu as embrassé ta mère pour la dernière fois..... Prie pour elle et compte sur moi toujours.....

Lucy se mit à pleurer silencieusement, et miss Schwob qui, pendant ce temps, s'était rendue près du lit d'Eva, reparut presque aussitôt.

— Devons-nous conduire Lucy près de sa mère? lui demanda M. de Kervannec à voix basse.

— Oh! non, non, Monsieur, reprit l'institutrice.

Olivier n'eut guère le temps d'analyser ses impressions, car il lui fallait accomplir les formalités pour la reconnaissance du corps d'Eva et la sépulture.

Le P. Joseph prêta un utile concours au capitaine et lui offrit l'hospitalité au presbytère, Rébecca devant passer la nuit auprès de la morte, avec une des religieuses dirigeant l'école de Saint-Patrick.

Il était 10 heures lorsque le P. Joseph conduisit l'officier dans la chambre qui lui était destinée. Au moment où le prêtre allait se retirer, Olivier le retint.

— Mon Père, lui dit-il, comme pénitent aussi bien que comme ami et compatriote, j'éprouve le besoin de vous ouvrir tout mon cœur. A quel moment pourrez-vous m'entendre?

— Mais immédiatement, si vous le voulez, mon ami, répondit le P. Joseph. Demain vous aurez tant de préoccupations!.....

— Je n'osais vous retarder ce soir, après les fatigues et les émotions de cette journée.

— Je vous écoute, dit simplement le religieux en prenant un siège.

Alors Olivier raconta l'histoire des onze dernières années de sa vie et confessa loyalement ses erreurs.

— J'ai abdiqué mon rôle de chef de famille, dit-il. Au début de notre union, je devais servir de guide et de conseiller à ma femme, et j'ai cédé servilement à ses moindres caprices. Au point de vue religieux, j'ai été non moins faible. Tout en conservant au fond du cœur un profond attachement à la foi de mon enfance, je n'ai pas su mettre ma conduite d'accord avec mes principes et j'ai trop souvent donné l'exemple d'une coupable indifférence.

— Mon pauvre enfant, répondit le P. Joseph, vous avez cruellement souffert, mais vous devez bénir Dieu qui vous ramène à lui par la voie douloureuse.

— Je me souviens encore, mon Père, d'une de nos premières conversations à bord de la *Champagne*. A ce moment, j'ignorais que la famille maternelle de Mme de Kervannec appartînt au culte israélite.

— Hélas! Elevée dans le protestantisme, miss Jenner ne savait où trouver la force de résister à ses entraînements. Mais vous avez prononcé tantôt des paroles de pardon, vous ne pouvez plus les désavouer. Il faut bien le dire, avec sa doctrine du libre examen, le protestantisme laisse l'homme pour ainsi dire sans boussole, au milieu des multiples difficultés de la vie. Ainsi, miss Jenner, obéissant à un sentiment bien naturel chez une jeune fille, désirait vous épouser. Pour atteindre ce but, elle n'a pas hésité à faire abjuration. Puis, au bout de quelques années, redoutant surtout la pratique de la confession, elle a rejeté tout frein.

— Sa vie, à Paris, était une partie de plaisir continuelle, ne put s'empêcher de dire Olivier.

— Mon ami, ne vous y trompez pas, ces âmes n'agissent ainsi, la plupart du temps, que pour s'étourdir. Elles croient par là voir se combler le vide immense que produit partout et toujours l'absence de Dieu.

— Dieu fasse miséricorde à la pauvre Eva, c'est mon plus vif désir. Hélas! désormais, ma vie est brisée.....

— Non, mon ami ; d'abord, vous avez votre enfant, puis votre famille, votre frère si dévoué vous soutiendront dans l'épreuve. Mettez votre avenir dans les mains de la Providence.

Et, après une dernière poignée de mains, le religieux quitta M. de Kervannec.


## XXII


Depuis trois mois, M. Samuel Cahen s'estimait le plus heureux des hommes, et pourtant les événements ne semblaient pas précisément favorables à ses amis.

En attendant, il continuait son lucratif négoce à New-York, et l'on venait même de lui confier la mission de lancer sur le marché une importante affaire de métallurgie dont le siège social était à Philadelphie. Toujours actif, Samuel avait résolu de profiter des vacances de la Semaine-Sainte pour aller visiter l'usine en question.

Le lundi, veille de son départ de Philadelphie, Samuel avait terminé ses opérations de très bonne heure. Pour occuper les dernières heures de la soirée, il acheta le *New-York Herald* et regagna sa chambre.

Il parcourut le journal avec indifférence, examinant d'abord le cours de la Bourse. Tout à coup, sous la rubrique *Dernières nouvelles*, ces quelques lignes frappèrent ses yeux :

« Le match des dames conductrices d'automobiles, qui s'est couru hier, a été marqué par plusieurs accidents, dont un suivi de mort. L'automobile n° 4, conduite par Mme Eva de Kervannec, a versé à l'entrée du bourg de Saint-Patrick et la conductrice a été tuée sur le coup. Ce sera un deuil pour la société new-yorkaise, dont Mme de Kervannec était l'un des plus beaux ornements..... »

Samuel recommença deux fois la lecture de l'entrefilet.

— Eva tuée! s'écria-t-il enfin. Ah! pourquoi n'a-t-elle pas voulu m'écouter?

Puis, incontinent, le vieillard se mit à réfléchir aux conséquences de la catastrophe. Lucy héritait de toute la fortune de sa mère. Mais M. de Kervannec n'allait-il point la rappeler en France et revendiquer ses droits de tutelle?

Cette perspective dérangeait considérablement les plans de Samuel Cahen. Il fallait avant tout mettre l'enfant à l'abri des réclamations de la famille de Kervannec. On pouvait la cacher en la plaçant sous un faux nom dans quelque pension des Etats-Unis.

Le lendemain, dès l'aube, Samuel Cahen montait en chemin de

fer. A 2 heures, il descendait à New-York et, prenant un cab, donnait au cocher l'adresse de l'hôtel de la cinquième avenue. Le vent soufflait en tempête depuis le matin.

En arrivant à destination, la voiture se ralentit soudain. Samuel mit le nez à la portière. Un char funèbre était arrêté devant l'hôtel. Malgré la bourrasque, une multitude de personnes rangées sur le trottoir attendait le passage du cortège.

Samuel sauta à bas de sa voiture et s'élança vers la maison. Tout cet appareil lui causait une véritable irritation.

Sur son passage, les assistants s'écartaient. Plusieurs se découvrirent, et quelques gens bien informés dirent à leurs voisins :

— C'est l'oncle de la défunte. Pauvre homme! Quel chagrin pour lui !

Samuel s'engagea dans le vestibule et pénétra dans la salle à manger. Miss Schwob y était seule, occupée à se coiffer devant une glace. Elle se retourna et, venant au-devant du vieillard :

— Ah! Monsieur, comme vous arrivez tard, dit-elle. Voulez-vous monter de suite? M. de Kervannec est dans la chambre bleue.....

— Comment! M. de Kervannec ici?..... Ce n'est pas possible! s'écria Samuel frappé de stupeur.

— Mais si, Monsieur. Il était arrivé dimanche matin, par bonheur. Je ne sais vraiment pas ce que je serais devenue toute seule avec Lucy.

— Et Lucy, où est-elle? dit M. Cahen haletant.

— Avec son père. Depuis trois jours, elle ne le quitte pas plus que son ombre. Mais montez donc vite, Monsieur ; les porteurs sont là-haut, on va descendre le cercueil.

Le vieillard devenait blême. Soudain, saisissant la main de Rébecca :

— Je ne monterai pas, Miss, dit-il très bas. Je ne veux pas rencontrer M. de Kervannec. Vous ne lui direz pas que vous m'avez vu. Vous entendez?

— Cependant, Monsieur, votre présence est nécessaire.....

— Je dois d'abord prendre certaines dispositions. Gardez-moi le secret ou malheur à vous!

Il étreignait, comme dans un étau, la main de l'institutrice entre ses doigts osseux et la regardait d'un air menaçant.

— Lâchez-moi, je vous obéirai, dit la jeune fille terrifiée.

Samuel gagna le fond du corridor et s'engagea dans l'escalier conduisant au sous-sol. Au dehors, la tempête redoublait d'intensité.

Sans se préoccuper de ces bruits, Samuel entra dans la cuisine et, prenant un chandelier sur la cheminée, alluma la bougie.

— De Kervannec ici! murmurait-il. C'est la ruine pour moi..... Oh! il faut avant tout que je sauve mon argent..... N'est-il point déjà trop tard?..... Cet homme maudit a pu découvrir ma cachette.....

Il était maintenant dans un étroit couloir donnant accès, d'un côté à la cuisine et à l'office, de l'autre à trois ou quatre caves d'inégale grandeur.

Samuel alla jusqu'à l'extrémité de ce couloir et arriva devant une petite porte basse cachée dans le retrait de la muraille. Tirant d'une poche de son gilet une clé, il l'introduisit dans le trou de la serrure.

La porte grinça sur ses gonds. Le vieillard s'arrêta sur le seuil et, avançant sa lumière, promena un regard anxieux à l'intérieur de la cave. Trois solides coffres-forts en garnissaient les parois. Au milieu, une table et une chaise.

Le visage de Samuel se rasséréna.

— Tout va bien, se dit-il, et j'ai le temps de réfléchir. Certes, je ne m'attendais pas à ce dernier coup. Dois-je laisser mes fonds ici? Non, peut-être. Alors, il faudrait profiter des deux ou trois heures de liberté qui me restent pendant l'enterrement d'Eva.

Samuel demeurait debout dans l'embrasure de la porte. Soudain, un formidable coup de vent ébranla la maison. Une porte placée à l'autre extrémité du couloir et donnant accès dans le jardin s'ouvrit brusquement, et la rafale, s'engouffrant en véritable tourbillon, referma violemment la porte sur le dos de M. Cahen. Sous le choc, le vieillard tomba en avant, et une obscurité complète régna dans le caveau.

Samuel s'était écorché la figure et le sang ruisselait sur son front et ses joues. Se ranimant un peu, néanmoins, il se remit debout. Ses pieds heurtèrent le chandelier et, à l'aide d'une allumette, il put se procurer de nouveau la lumière. Alors il se retourna vers la porte. Se sentant près de défaillir, il la poussa. Elle résista à ses efforts. La serrure s'était refermée à la secousse. Samuel poussa une effroyable imprécation.

— Malédiction! s'écria-t-il. La clé est restée en dehors.

Une épouvante indicible se répandit sur son visage.

— Je ne veux pas mourir! disait-il. A l'aide! Au secours!

Il poussait des hurlements sauvages. Se taisant tout à coup, une autre idée lui traversa le cerveau :

— J'ai tort d'appeler, dit-il haletant. S'ils viennent, ils s'empareront de mon argent, et c'est à moi, à moi, cet argent..... Non, non, personne n'entrera ici!.....

La fièvre le brûlait et déjà le délire s'emparait de lui. Pour ajouter à l'horreur de sa situation, la courte bougie acheva de se consumer et de nouveau l'obscurité envahit le caveau.

Alors Samuel recommença ses appels désespérés. Puis, à bout de forces, épuisé par la perte du sang qui coulait toujours de sa blessure, il s'affaissa sur le sol et perdit complètement connaissance.

Personne, pour le moment, ne pouvait venir à son secours, tous les habitants de l'hôtel assistant aux obsèques de Mme de Kervannec. La cérémonie fut longue. Il était plus de 5 heures lorsque Olivier eut fini de recevoir les derniers compliments de condoléance.

Il remonta enfin en voiture avec Lucy, Rébecca et le consul de France, M. Raguenel, qui s'était mis le plus gracieusement du monde à sa disposition.

— Cher Monsieur, je vous emmène avec votre charmante fillette, dit ce dernier à Olivier. Vous ne pouvez rentrer tous deux ce soir dans ce triste hôtel, et Mme Raguenel se réjouit de vous garder pendant tout le temps que vous devrez passer à New-York.

M. de Kervannec accepta cette proposition avec reconnaissance.

Rébecca Schwob ne lui inspirait qu'une médiocre confiance. Néanmoins, il lui demanda si cette combinaison ne la dérangeait pas.

— Nullement, Monsieur, lui dit l'institutrice. Vous me permettrez seulement de rentrer dès ce soir chez mon père.

— A votre disposition, Miss. Veuillez croire, d'ailleurs, que je vous serai toujours très obligé du concours prêté par vous dans cette pénible circonstance.

Au consulat, Mme Raguenel accueillit ses compatriotes avec une franche cordialité. Le père et la fille, du reste, avaient grand besoin de retrouver un foyer ami dans cette immense cité.

Néanmoins, le surlendemain des obsèques, M. de Kervannec pria M. Raguenel de lui indiquer un homme d'affaires capable et intègre pour lui confier le règlement des droits de Lucy sur la succession de sa mère.

— Ma position est singulièrement délicate et embarrassante, dit-il. Il y a quelques années, à mon insu, Mme de Kervannec avait loué à son oncle l'hôtel de la cinquième avenue. Par ailleurs, en quittant Paris, ma femme a emporté, outre ses nombreux bijoux, des valeurs considérables en titres nominatifs ou au porteur. Si j'étais seul, je ne me tourmenterais guère de ces questions, mais je dois défendre les intérêts de ma fille, et je me demande comment tout cela pourra se régler, surtout en l'absence de M. Cahen.....

— Mais M. Cahen est revenu, interrompit M. Raguenel.

— Depuis quand? demanda Olivier étonné.

— Il est arrivé mardi, quelques instants avant l'enterrement de Mme de Kervannec. Il est entré dans l'hôtel, et l'ami qui me racontait cela ce matin s'étonnait même beaucoup de ne pas l'avoir vu auprès de vous pendant la cérémonie.

— Par exemple! Vous me surprenez. Comment M. Cahen ne m'a-t-il pas encore donné signe de vie?

— Je vais envoyer un garçon chez lui si vous le désirez. Nous saurons s'il y a eu erreur de la part de mon ami.

— C'est un nouvel embarras que je vous occasionne. Cependant, je serais heureux d'être fixé. Si M. Cahen est à New-York, je pourrai rentrer en France très prochainement.

Le domestique envoyé dans la cinquième avenue n'y rencontra que les deux serviteurs chinois, qui déclarèrent être très étonnés de n'avoir pas revu leur maître.

Deux jours se passèrent encore. Le samedi vers 2 heures, miss Rébecca Schwob vint rendre visite à M. de Kervannec.

— J'étais impatient de vous voir, Miss, lui dit Olivier, pour vous demander si vous pourriez nous renseigner sur le compte de M. Cahen.

— Vous ne l'avez donc pas revu? répondit Rébecca, surprise.

— Non, et son absence commence à devenir inquiétante. Plusieurs personnes prétendent l'avoir revu ici, mardi, à 3 heures.

— Ces personnes ne se trompent point, Monsieur, interrompit miss Schwob. J'ai vu M. Cahen mardi et je lui ai parlé.

— Mais à quel moment? reprit Olivier.

— J'aurais dû, sans doute, vous prévenir plus vite, continua l'institutrice. Je n'ai pas osé braver la défense de M. Cahen. Pourtant, je ne puis me taire davantage.

Et Rébecca raconta la scène qui avait eu lieu entre elle et l'oncle d'Éva. Très intrigué, M. de Kervannec crut devoir immédiatement faire demander M. Raguenel, devant qui miss Schwob recommença son récit.

— Que pensez-vous de tout cela? dit le capitaine au consul.

— Sans vouloir vous alarmer outre mesure, répondit celui-ci, je crois qu'il serait utile de prévenir la police. M. Cahen peut avoir été victime d'un accident, d'un crime peut-être.

Le chef de la police reçut les dépositions d'Olivier et de miss Schwob, et déclara qu'il allait faire une enquête discrète dont il ferait connaître le résultat dans quelques jours.

— Remarquez, Monsieur, fit observer le consul, que M. de Kervannec ne se trouve pas dans une situation ordinaire. Des intérêts urgents le rappellent en France. Mais, avant son départ, il a de graves questions d'intérêts à régler avec M. Cahen, et il a absolument besoin de savoir si son absence doit se prolonger longtemps encore.

— Eh bien! reprit l'officier de police, demain matin, à 11 heures, nous nous transporterons à l'hôtel Jenner où M. de Kervannec voudra bien se trouver.

Les représentants de la police sonnaient à l'heure dite à l'hôtel de la cinquième avenue où, quelques minutes auparavant, étaient déjà arrivés M. de Kervannec et son ami le consul.

— Ah! Messieurs, dit Yang-Si, l'un des domestiques, je suis bien content de vous voir. Ce n'est pas gai, allez, d'être tout seul, dans cette grande maison.

— Vous n'avez donc encore aucune nouvelle de M. Cahen? demanda Olivier.

— Non, Monsieur. Tous les jours, on vient voir s'il est revenu ici. Nous nous serions déjà sauvés si nous n'avions pas dû attendre miss Schwob ou le patron. Mais, justement, ils ne sont rentrés ni l'un ni l'autre. Ah! Monsieur, toutes les nuits, depuis la mort de Madame, il venait des revenants dans cette maison maudite. C'étaient des cris, des gémissements qui nous faisaient peur!

Et Yang-Si frissonna. Olivier, M. Raguenel et le chef de police échangèrent un regard.

— Mais d'où venaient ces bruits? interrogea ce dernier.

— Je ne sais pas. Ils paraissaient sortir de terre.

— Pourquoi ne m'avez-vous pas averti? demanda Olivier.

— Ça n'aurait pas servi à grand'chose, répondit Yang-Si avec conviction. C'étaient des revenants. Mais à partir de mercredi matin, tout bruit a cessé.

MM. de Kervannec et Raguenel tinrent rapidement conseil avec le chef de la police.

— Il me semble qu'une visite détaillée de la maison s'impose, dit Olivier.

— C'est évident, appuya le commissaire.

— Yang-Si, conduisez-nous, ajouta M. de Kervannec.

Les trois hommes, accompagnés du Chinois, parcoururent en tous sens les pièces du rez-de-chaussée et des deux étages, puis le jardin, sans rien y rencontrer d'anormal. Le policeman dit tout bas à ses deux compagnons :

— Ce stupide garçon a pris le bruit du vent dans les arbres pour des gémissements humains.

— Quelle est cette porte? demanda Olivier en s'arrêtant devant une ouverture pratiquée dans le côté de la maison.

— Celle du corridor du sous-sol, Monsieur. Nous entrons toutes les provisions par là.

— Nous allons terminer notre perquisition par les caves, dit le commissaire de police.

La visite de la cuisine, de l'office et de trois caves ne révéla rien d'extraordinaire.

— Décidément, nous nous trompions dans nos conjectures, dit M. Raguenel.

— Il n'y a pas d'autre cave? reprit M. de Kervannec.

— Pardon, Monsieur ; il y a encore le petit caveau, au bout du couloir, là-bas. Mais nous n'en avons pas la clé, répondit Yang-Si.

— Où donc est-elle?

— M. Cahen la garde toujours sur lui. Il dit qu'il renferme son vin fin dans cette cave. Je l'ai vu souvent y entrer avec des sacs pleins, mais il n'en est jamais ressorti avec des bouteilles.

Depuis un instant, le commissaire de police reniflait.

— Ne sentez-vous pas, Messieurs? demanda-t-il.

— En effet, dit M. Raguenel à son tour. Garçon, montrez-nous cette cave, vite, vite!

— Mais, Monsieur, puisque je n'ai pas la clé..... Tenez, en voici l'entrée..... Ah! mon Dieu!..... la clé est sur la porte.....

Yang-Si, en abaissant sa lumière pour éclairer l'entrée du caveau, venait d'apercevoir la clé restée dans la serrure.

Écartant le Chinois, le chef de la police ouvrit brusquement la porte et faillit tomber en heurtant du pied un corps inanimé. Olivier et M. Raguenel reculèrent, à demi suffoqués par l'odeur méphitique, tandis que Yang-Si poussait de grands cris de terreur.

— Vite! des lumières! aidez-nous à sortir ce cadavre, s'exclama le commissaire.

Olivier courut à la cuisine et en rapporta deux autres flambeaux allumés. La face contre terre, Samuel Cahen gisait sur le sol. Dans une dernière crispation d'agonie, il avait renversé la table, et, au premier moment, on pouvait se figurer qu'il avait été victime d'une agression. Un examen plus attentif du théâtre du drame permit de reconstituer exactement la scène.

— Qu'elle a dû être horrible, l'agonie de ce malheureux ! murmura Olivier.

— Que voulez-vous, mon cher? Chacun a la fin qu'il mérite, dit philosophiquement M. Raguenel. Le père Cahen est mort au pied de ses coffres-forts, mais soyez assuré que son plus grand chagrin, à l'heure suprême, aura été de n'en pouvoir emporter le contenu dans l'autre monde.

## XXIII

La mort de M. Samuel Cahen simplifiait singulièrement les formalités à remplir par Olivier pour sauvegarder les intérêts de Lucy. La fillette héritait en même temps de sa mère et de son grand-oncle dont elle était la plus proche parente.

En faisant l'inventaire du contenu des fameux coffres-forts, on trouva, tant en espèces de monnaie ayant cours qu'en titres et actions nominatifs ou au porteur, un capital de plus de huit millions et demi. En y ajoutant la fortune personnelle d'Eva, Lucy se trouvait légitimement propriétaire de douze millions au bas mot.

Pour le moment, la fillette se souciait peu de cette aubaine qui lui tombait du ciel. Elle avait repris avec bonheur le chemin de l'église catholique et ne souhaitait plus qu'une chose : rentrer en France afin de retrouver Catherine et de faire sa première Communion.

Olivier entretenait une correspondance suivie avec les habitants des Bruyères. Mme de Kervannec mère, à l'occasion de la mort d'Eva, lui avait envoyé une lettre où se peignaient les plus nobles sentiments de mansuétude pour les pauvres égarés.

« Ramène-nous bien vite ta fille, lui disait-elle en terminant. Nous en ferons une bonne chrétienne, une bonne Française, et, plus tard, elle sera pour toi un ange consolateur...... »

Lorsqu'une semaine plus tard Olivier apprit à sa famille la fin lamentable du vieux Samuel, ce fut Yves qui lui répondit à son tour :

— Les jugements de Dieu sont impénétrables, et la pauvre créature humaine se sent bien chétive devant de pareils faits. Une seule observation, mon cher Olivier : ta fille hérite de son grand-oncle, c'est tout naturel ; mais, en conscience, cette fortune ne t'effraye-t-elle pas un peu ?

Déjà Olivier n'acceptait qu'avec une certaine réserve les félicitations de la famille Raguenel. Une conversation avec le P. Joseph apaisa ses scrupules.

— Vous oubliez d'abord, lui dit le bon religieux, que la moitié au moins de la fortune du vieux Cahen vous avait été soustraite lors de l'arrêté du compte de tutelle de Mme de Kervannec. C'est donc une simple restitution. Quant au surplus, vous saurez en purifier l'origine.

Ainsi tranquillisé, Olivier ne s'occupa plus que d'accélérer le règlement définitif. Enfin, tout étant liquidé, M. de Kervannec et Lucy s'embarquèrent le 20 juin pour la France.

Ils avaient pris passage sur un paquebot allemand faisant escale à Cherbourg. En quittant le dock d'embarquement, ils croisèrent un autre steamer arrivant d'Europe. Les deux bâtiments étaient à une très petite distance l'un de l'autre. Soudain, Lucy tira M. de Kervannec par la manche :

— Père, regarde là-bas, dit-elle ; c'est M. Sanderley. Il revient donc à New-York à son tour?

— M. Sanderley? Où?..... Je ne le vois pas.

— Mais si, là..... A côté de la dame au corsage cerise..... C'est lui, je t'assure. Je l'ai bien reconnu.

Olivier s'efforça de discerner, parmi les nombreux passagers, l'homme qui lui avait été si néfaste. Mais les deux bâtiments filaient en sens inverse, et M. de Kervannec dut renoncer à poursuivre sa recherche.

— Après tout, se dit-il, si c'est Sanderley, qu'il aille en Amérique, et surtout qu'il n'en revienne jamais!

Lucy ne s'était point trompée. Williams Sanderley débarquait à son tour dans la grande cité des Etats-Unis. Mais il avait considérablement maigri et une forte claudication alourdissait sa marche.

Après l'ordonnance de non-lieu du Conseil d'enquête, en faveur d'Olivier, l'affaire avait été classée en ce qui concernait Sanderley. Trois ou quatre semaines de retraite lui furent encore imposées, afin de laisser l'oubli se faire autour de cette aventure. Puis, ses protecteurs lui permirent de quitter l'asile de Ville-d'Avray.

— Mais que vais-je devenir? demanda Williams.

— Vous êtes intelligent et habile ; vous ne serez pas longtemps avant de vous refaire une position.

— Si j'étais à Paris, peut-être, reprit Sanderley. Fournissez-moi le coût de mon passage en Amérique. Une fois dans ma famille, à New-York, je serai sauvé.

Le F∴ avec lequel avait lieu ce dialogue transmit au Conseil de l'Ordre la requête du F∴ Sanderley, et l'association consentit à faire ce sacrifice.

Et voilà comment, le 20 juin, vers midi, Sanderley foulait le sol américain abandonné le matin même par M. de Kervannec et sa fille.

Williams était enchanté d'arriver au terme de son voyage. Il allait revoir Eva et comptait même lui faire de vifs reproches sur son long silence. En outre, sa bourse était absolument à sec. Il espérait bien que l'oncle Samuel viendrait à son aide d'une manière ou d'une autre.

Il monta en tramway et se rendit immédiatement à Broadway.

Là, une première déception l'attendait. Les bureaux de son parent étaient fermés et une large pancarte portait la mention : A louer.

Frappé d'étonnement, Sanderley s'adressa à la conciergerie.

— Où demeure donc maintenant M. Cahen?

— M. Cahen est mort il y a deux mois.

— Mort! s'écria Williams stupéfait. Et de quelle maladie?

— On l'a trouvé dans sa cave. Il avait disparu depuis huit jours.

Williams n'en entendit pas davantage et sortit en courant. Il prit le tramway se dirigeant vers l'hôtel Jenner. Il lui tardait d'apprendre la vérité de la bouche même de sa cousine.

— Eva a hérité de son oncle, se disait-il. Le divorce avec son mari sera vite prononcé, et ensuite à nous l'avenir!

Et, tout rasséréné, il se disposait maintenant à entourer sa parente de prévenances, afin de la décider à remplacer le plus tôt possible son nom de Kervannec par celui de mistress Sanderley.

Le tramway, en s'arrêtant, interrompit son beau rêve. Il descendit et vit l'hôtel tout garni d'échafaudages. Il escaladait le perron sous la pluie de poussière blanche, quand un ouvrier l'interpella.

— Qui demandez-vous, Monsieur?

— Mme de Kervannec.

— M. de Kervannec, vous voulez dire, reprit l'ouvrier. Il n'est plus ici. Il a vendu l'hôtel, il y a quinze jours, à M. Sanderson.

Du coup, Williams se demanda s'il ne devenait pas fou pour tout de bon.

— Vous faites erreur, mon ami, dit-il à l'ouvrier. Mme de Kervannec n'avait point de mari.....

— Au surplus, Monsieur, je ne connais pas bien toute cette histoire. Si vous voulez avoir des renseignements sûrs, il faut vous adresser à M. Sanderson, là, en face.

Chancelant comme un homme ivre, Sanderley alla sonner à l'hôtel Sanderson. Le maître du logis était absent, mais un domestique l'engagea à parler à l'institutrice de la petite Française, miss Rébecca Schwob.

Ce fut donc chez son coreligionnaire, le rabbin Schwob, que Williams Sanderley fut enfin mis au courant de tous les incidents et accidents dans lesquels Eva et son oncle avaient disparu d'une façon si tragique et si précipitée.

L'Américain était atterré.

— Combien mon oncle a-t-il laissé de fortune? demanda-t-il à M. Schwob.

— Huit à neuf millions, répondit le rabbin.

— Oh! ces Kervannec, comme je les hais! s'écria Sanderley.

— Votre situation n'est pas si désespérée, dit M. Schwob.

Sanderley tira son porte-monnaie de sa poche et en vida le contenu sur la table. Deux dollars et un shelling s'en échappèrent.

— Voilà toute ma fortune, dit-il d'une voix sourde, et il y a six mois j'avais un crédit ouvert dans toutes les grandes banques parisiennes.....

— Le contraste est frappant, reprit le rabbin avec compassion. Enfin, vous allez toujours dîner avec nous, et je verrai ensuite si je ne pourrai pas vous trouver un emploi.

Sanderley ne se fit pas prier pour accepter cette invitation, car le dernier repas pris sur le paquebot était digéré depuis très longtemps. Après trois ou quatre jours de recherches, M. Schwob finit par découvrir un poste de surveillant dans une usine de fabrication de produits chimiques : douze heures de travail par jour pour cent dollars d'appointements. Williams n'avait pas le temps de se montrer exigeant, et dès le lendemain il prenait possession de cet emploi.

Quel sera son avenir? En tout cas, Williams Sanderley est désormais fixé à New-York pour jusqu'à la fin de ses jours.

## XXIV

Après une heureuse traversée, le capitaine de Kervannec et sa fille arrivèrent en rade de Cherbourg le 26 juin.

Plusieurs personnes attendaient les voyageurs, et, en mettant le pied sur la terre ferme, Olivier poussa une exclamation. Il venait de reconnaître son frère, Yves de Kervannec.

— Toi ici, quel bonheur! dit-il en l'embrassant.

— J'étais tellement impatient, mon cher ami, que je suis venu vous chercher. D'ailleurs, nous sommes tous aux Bruyères depuis trois semaines. Tout le monde vous attend là-bas. Yvonne se réjouit de revoir sa cousine. Quant à Catherine, j'ai cru qu'elle allait devenir folle de joie.

— Catherine est aux Bruyères! s'écria Lucy. Oh! tonton, quel bonheur! Je serai si contente de l'embrasser! A quelle heure partons-nous?

— A 10 heures, ma chère enfant. Nous arriverons à Rennes à 4 heures du matin, puis nous repartirons pour Ploërmel.....

— Mon cher Yves, interrompit Olivier, je te remercie du fond du cœur, mais je ne puis accepter ton aimable invitation.

— Oh! si, papa, je t'en prie, allons en Bretagne, supplia Lucy.

— J'aimerais bien savoir, par exemple, les motifs de ton refus, ajouta M. de Kervannec.

— Enfin, ma présence ne peut être agréable à Mlle Guihéneuf, repartit Olivier. Elle serait capable de me céder la place, et je ne dois ni ne veux vous imposer à tous ce dérangement.

— Eh bien! non, mon ami. Nous avons abordé franchement la question avec Madeleine. Elle t'accueillera comme un frère retour d'une longue absence, et elle donnera à Lucy une très grande part dans ses affections.

— Tu le vois bien, père, interrompit la fillette, tu ne peux pas refuser à mon oncle.

— Chère petite, dit Olivier, faiblissant visiblement, tu ne sais pas..... Tu ne peux pas comprendre.....

— Lucy comprend fort bien, au contraire, qu'une plus longue résistance nous désobligerait tous, reprit Yves.

Olivier ne trouva pas d'autre objection et suivit l'impulsion de son frère. Après seize heures de trajet, les voyageurs arrivèrent vers 10 heures, le lendemain matin, en gare de Ploërmel. Une voiture stationnait à la porte extérieure, et, sur le quai, une femme attendait.

— Catherine! s'écria Lucy en sautant d'un seul coup les deux marches du wagon.

Et elle se précipita dans les bras de son ancienne gouvernante.

— Etes-vous seule, Catherine? demanda Yves inquiet. Y aurait-il quelque malade à la maison?

— Non, Monsieur, Dieu merci. Tout le monde se porte bien, mais si vous saviez ce qui se passe à Ploërmel..... Ah! Jésus, Maria!

A 6 heures, on est venu nous prévenir qu'une cinquantaine de gendarmes et des soldats commençaient à cerner la maison des Sœurs. Alors, Madame, Mlle Madeleine, Pierre et la cuisinière sont partis, laissant les petits avec leur grand'mère, et moi, je me suis chargée d'atteler le break. J'aurais bien voulu aller avec les autres maudire les crocheteurs, mais il me tardait tant d'embrasser ma petite Lucy.

— Les lâches! Ils ont profité de mon absence, murmura Yves d'une voix sourde. Olivier, tu vas te rendre aux Bruyères avec ta fille et Catherine. Moi, je cours rejoindre ma femme et Madeleine.

— Qu'y a-t-il donc? demanda le capitaine.

— On commence à mettre en vigueur les prétendus lois et décrets contre les communautés.

— Et l'armée prête la main à cette infamie? s'écria Olivier, indigné.

— Oui. On la force à seconder les cambrioleurs..... Mais, au revoir, on m'attend là-bas.

— Je te suis, reprit l'officier d'un ton ferme.

Il mit sa fille en voiture avec Catherine et rejoignit son frère.

Le couvent des Sœurs était situé à l'autre extrémité de Ploërmel. A mesure qu'ils en approchaient, MM. de Kervánnec entendaient une rumeur grossissant de minute en minute. Puis ils virent un rassemblement de plusieurs milliers de personnes à l'entrée de la rue où se trouvait l'entrée principale de la communauté. Un cordon de soldats et de gendarmes retenait la foule houleuse.

Sur tous les visages se lisait une expression de colère poussée jusqu'à l'exaspération. Les femmes pleuraient ; beaucoup d'hommes, les mains crispées sur le manche de leur pen-baz, semblaient n'attendre qu'un signal. De toutes les poitrines partaient de sourdes exclamations, et les cris de : « Liberté! Liberté! » alternaient avec ceux de : « A bas les crocheteurs! Vivent nos bonnes Sœurs! »

Yves et Olivier fendirent la foule. Une femme s'écria tout à coup en apercevant les deux frères :

— Ah! Monsieur Yves, pourquoi arrivez-vous si tard?

— C'est vous, Françoise, dit M. de Kervannec. Où sont ces dames?

— Dans le couvent, Monsieur. Elles s'y étaient enfermées dès ce matin. Mais les crocheteurs ont défoncé la porte.

Sans en écouter davantage, Yves se dirigea vers l'officier commandant le peloton de gendarmerie.

— On ne passe pas, dit un soldat en barrant le passage aux deux frères.

— Cette interdiction ne peut nous concerner, repartit Yves. Je suis le député de la circonscription, et, de plus, je suis l'un des propriétaires de l'immeuble occupé par les Sœurs.

— Parlez au capitaine, alors, répondit le soldat.

Le capitaine de gendarmerie s'était retourné au bruit de la discussion. M. de Kervannec réprima à peine un geste de désappointement. Il reconnaissait l'officier avec lequel il avait eu maille à partir à l'instant de son élection.

— Capitaine, dit-il, je demande, pour mon frère et pour moi, l'autorisation d'entrer au couvent dont je suis l'un des propriétaires.

— Vos locataires ont follement résisté à la loi, répondit le gendarme avec emphase.

— Contre l'injustice, la résistance est le plus saint des devoirs, capitaine, intervint Olivier.

— Prenez garde, Monsieur, reprit sévèrement le gendarme.

— Nous ne vous demandons aucune grâce, répliqua Yves sèchement. Pour la troisième fois, je vous prie de me laisser pénétrer dans ma propriété.

— Enfin, Monsieur, interrompit le gendarme, que voulez-vous faire maintenant? L'opération est à peu près terminée. Tenez, justement, voici les Sœurs qui s'en vont.....

La porte venait, en effet, de s'ouvrir, et quatre religieuses, escortées chacune de deux ou trois dames, se montraient dans l'embrasure.

A la vue des religieuses, une immense clameur sortit de toutes les poitrines :

— Vivent nos bonnes Sœurs! Vive la religion! Vive la liberté!

Olivier poussa vigoureusement la croupe du cheval du gendarme le plus proche de lui et se faufila par l'ouverture. Yves le suivit. Ce fut un signal. Vingt, quarante, cent personnes se précipitant à la fois rompirent le barrage. Le capitaine débordé mit pied à terre et voulut procéder lui-même à l'arrestation d'un paysan. Dix bras le saisirent et l'entraînèrent dans un fantastique tourbillon.

Au premier rang, la supérieure des Sœurs, vénérable femme âgée d'une soixantaine d'années, s'appuyait sur le bras de Marie de Kervannec. A gauche de la religieuse, se trouvait Madeleine Guihéneuf portant une magnifique gerbe de fleurs.

Par un mouvement instinctif, Yves de Kervannec s'était placé à côté de sa femme, tandis qu'Olivier, passant de l'autre côté, escortait Madeleine. Les autres religieuses suivaient, entourées d'amis.

— Vivent nos bonnes Sœurs! clamait la foule.

— C'est trop! c'est trop! murmurait la digne supérieure. Nous, nous ne sommes rien..... Songeons avant tout à la cause de Dieu!.....

Obéissant à cette indication, Madeleine Guihéneuf lança les premières notes du cantique qui est devenu, en quelque sorte, le chant de guerre des catholiques outragés :

> Nous voulons Dieu, car les impies
> Contre lui se sont soulevés !
> Et dans l'excès de leurs furies
> Ils le bravent, les insensés !

Et Olivier de Kervannec, de sa superbe voix de baryton, continua le chant dont le refrain fut repris en chœur par tous les assistants :

> Nous voulons Dieu, c'est notre Père!
> Nous voulons Dieu, c'est notre Roi!

Madeleine ne s'était point aperçue de l'arrivée de MM. de Kervannec. Ce fut seulement lorsque Olivier commença à chanter qu'elle jeta les yeux sur lui. Leurs regards se croisèrent.

Un sourire ému éclaira leurs traits. Cette seule minute effaçait tout le passé. Leurs deux âmes se retrouvaient en communauté d'idées et de sentiments.

Le cortège se rendit à la gare. Malgré la défense des employés, le quai d'embarquement fut vite envahi par les amis des religieuses. Les chants et les acclamations retentirent plus vibrants, plus nourris que jamais, jusqu'à l'instant où le train s'ébranla. Alors, dans un dernier élan d'indescriptible émotion, les sanglots éclatèrent, les mouchoirs s'agitèrent pour adresser un adieu suprême aux Sœurs penchées aux portières.

L'iniquité était consommée. M. et Mme Yves de Kervannec se rapprochèrent d'Olivier et de Madeleine.

— Tous mes compliments, mon cher, dit Yves à son frère. Ta voix a pris une ampleur dont je ne me serais jamais douté.

— Tu crois? répondit Olivier mélancoliquement. Je ne puis dire si tu as tort ou si tu as raison.

— En tout cas, Monsieur, dit gracieusement Mlle Guihéneuf, je ne saurais trop vous remercier d'avoir soutenu ma faible voix.

— Trop heureux, Mademoiselle, d'avoir pu vous être agréable, répliqua Olivier.

Quelques minutes plus tard, les deux frères et les deux sœurs arrivèrent aux Bruyères, où Mme de Kervannec mère les attendait avec une impatience facile à comprendre. Quant à Lucy, elle causait déjà intimement avec sa cousine Yvonne.....

Après les premiers épanchements, on se mit à table. Une franche et cordiale animation régna entre tous les convives et, à l'issue du repas, Mme de Kervannec, attirant sa bru un peu à l'écart, lui dit à voix basse :

— Combien je suis heureuse de m'être trompée dans mes appréhensions, ma chère Marie! Aucun nuage ne semble plus exister entre Madeleine et Olivier.

*       *       *       *       *       *       *       *       *       *       *       *

— Que de peines vous vous donnez pour ma fillette, Mademoiselle Madeleine! dit Olivier, comme il entrait dans la bibliothèque.

Madeleine, en effet, était occupée à montrer à Lucy un point de crochet difficile.

— C'est bien plutôt un plaisir, répondit Mlle Guihéneuf. Lucy est, d'ailleurs, une élève si docile et si intelligente qu'elle surpassera bientôt sa maîtresse. Tiens, mignonne, voilà le rang terminé. Tu as compris?

— Oui, oui, bonne amie.; merci.

Lucy prit des mains de Madeleine le crochet d'ivoire et la fine capeline de laine blanche qu'elle était en train de confectionner, vint gentiment embrasser son père et se dirigea vers la porte.

— Tu nous abandonnes déjà? dit Madeleine.

— Yvonne m'attend, bonne amie. Je reviendrai tout à l'heure.

Elle s'enfuit légère comme un oiseau. A son tour, Mlle Guihéneuf se leva.

— Oh! ne partez pas, Mademoiselle! s'écria M. de Kervannec.

— Mais, Monsieur, vous avez sans doute à écrire. Je ne voudrais pas vous déranger.

— Vous, me déranger? Oh! Mademoiselle!.....

— Allons, je reste, alors, dit la jeune fille en riant et en reprenant sa place auprès de la fenêtre. Je serai muette comme une carpe, d'ailleurs, afin de vous faire oublier ma présence.

— Je prétends justement ne pas l'oublier, repartit Olivier, et je profite de la circonstance pour vous demander un instant d'entretien.

— A moi? dit Madeleine surprise..... Eh bien, Monsieur, parlez, je vous écoute, ajouta-t-elle d'une voix émue.

— Mademoiselle Madeleine, reprit Olivier, depuis trois mois vous n'avez jamais fait allusion au passé, à ce passé douloureux où je fus si coupable envers vous, et, je vous l'avoue, ce silence me laisse espérer que vous m'avez accordé un généreux pardon. Me trompé-je?

— Non, Monsieur, répondit la jeune fille avec franchise. Les événements déjà lointains auxquels vous faites allusion sont effacés depuis longtemps de ma mémoire.

— Merci, Mademoiselle, vous êtes bonne, et votre bonté m'encourage à continuer ma confidence. A l'instant, je vous remerciais de toutes vos attentions pour Lucy.....

— Mais, Monsieur, je ne fais rien là d'extraordinaire. Tous ici, d'ailleurs, nous aimons cette charmante enfant.....

— Oui, Mademoiselle. Seulement, des liens de famille très intimes unissent Lucy à ma mère, à mon frère et même à votre sœur Marie. Je voudrais que vous aussi vous eussiez un titre plus sérieux pour vous occuper d'elle..... Je voudrais vous voir consentir à devenir la seconde mère de ma petite orpheline.....

Il s'arrêta haletant. Madeleine, pâle, les yeux baissés, les mains agitées d'un léger tremblement, demeurait silencieuse.

La cloche du déjeuner sonna en ce moment dans la cour. Madeleine se leva résolument.

— Allons retrouver Mme de Kervannec, dit-elle. C'est devant elle que je vous donnerai ma réponse.

Ils montèrent tous deux au premier étage, et Mlle Guihéneuf frappa un léger coup à la porte de la chambre de l'aïeule.

— Entrez! dit une voix à l'intérieur.

Madeleine tourna le bouton et pénétra dans la pièce où Mme de Kervannec, debout, se disposait à descendre au rez-de-chaussée. Puis, prenant la main d'Olivier :

— Ma mère, dit-elle, bénissez vos enfants.

— Oh! ma fille, mon Olivier, que Dieu soit loué! répondit Mme de Kervannec avec une vive et profonde émotion. Je puis chanter maintenant mon *Nunc dimittis!*

FIN

Voir page 128 les conditions de vente des Romans à 20 centimes et la liste des numéros parus.

1902-11. — Imprimerie P. Féron-Vrau, 3 et 5, rue Bayard, Paris, VIII.

ROMANS POPULAIRES
A
20 centimes

www.ingramcontent.com/pod-product-compliance
Ingram Content Group UK Ltd.
Pitfield, Milton Keynes, MK11 3LW, UK
UKHW021732090726
13657UKWH00002B/668